우주섬 사비의 기묘한 탄도학

우주섬 사비의 기묘한 탄도학

배명훈 장편소설

자이언트북스

차례

1

김구름은 스페이스 콜로니를 스페이스 콜로니라 부르지 말라고 했다. 콜로니는 식민지란 뜻이라, 중립적인 말이 아니라는 것이었다. 그럼 뭐라고 불러야 하냐고 묻자 김구름은 우주 정착지나 우주 도시가 적당하다고 말했다. 그러면서 자기도 확신이 없는지 눈동자를 잠깐 위로 굴렸다.

김구름은 끝말잇기가 어려운 이름을 지닌 고등학교 동기였는데, 학교에서 김구름과 따로 이야기를 나눠본 적은 없다. 이초록이 김구름과 만난 것은 동네에 있는 연기 학원에서였다. 김구름은 연예인이 되고 싶어서 연기를 배웠고, 이초록은 계급을 재생산하기 위해 연기를 배웠다. 초록의 모친은 그가 연기를 배우면 바른 자세와 우렁찬 발성 같은, 소위 아랫사람에게 당당하게 보이는 방법 같은 것을 익히게 되리라 믿었는데, 결과적으로 그렇게 되지는 않았다. 어째서인지 초록은 비굴한 역할이 잘 어울렸지만, 모친은 그 사실을 알지 못했다.

연극을 배워서 날개를 단 쪽은 김구름이었다. 대사가 길지는 않았어도 영화에도 몇 편이나 출연했고, 그중 하나는 외국에서 큰 상까지 받았다. 그 영화에서 김구름이 한 역할은 '담벼락에 앉아 껌 씹는 소녀'였다. 중요한 역할은 아니었지만, 김구름은 그 장면을 잘 캡처해서 자기소개서에 예쁘게 포장해 넣었다. 그렇다고 공부를 못했다는 말은 아니지만, 아무튼 그렇게 김구름은 유명한 학교로 유학을 떠나서 방학 때만 잠깐 집에 들르는 무심하고 쿨한 동창이 되었다.

어느 여름방학에 부모님 집에서 허송세월하던 김구름은 심심함을 이기지 못하고 이초록을 불러냈다. 그리고 꿈에 관해 이야기했다.

"사비예술대학교에서 서예를 가르치는 게 꿈이야. 우주 도시에서는 물자를 열심히 재활용해야 해서 종이도 우리처럼 막 쓸 수 없거든. 그래서 종이에 뭘 쓰려면 아주 잘 써야 해. 약간 사치품이니까."

"우주에서 예술하는 게 꿈이라고?"

"응. 사업 아이템도 생각해봤어. 세책집을 여는 거야. 너는 무식해서 모르겠지만 조선 시대 책 대여점 말하는 거야. 책세를 받는다는 뜻이지. 세책집에서 빌려주는 책은 필사한 책이었어. 인쇄한 것도 있었지만, 웬만큼 잘 나가야 인쇄기를 돌릴 수 있었어. 그런데 조선 시대의 필사라는 게 따지고 보면 붓글씨잖아? 우주 도시 주민들이 환장하는 핸드 메이드인 거지. 우선 오리지널 스토리를 쓸 작가 몇 명을 섭외하는 거야. 우주 도시 토박이가 좋겠지. 아예 우주에서 나고 자란 2세대 애들 말이야. 그중에 나이 제일 많은 애들이 우리 또래니까 최초의 우주 토박이 세대 문학으로 포장하는 거야. 그걸 내가 키운 제자들이 손글씨로 써서 책으로 만드는 거지. 대여도 하고 팔기도 해야겠지. 그렇게 사업을 키워가는 거야. 시 지원금도 받아서. 사업이 궤도에 오르면 나는 노는 거지. 근사한 위치에 집이나 하나 사서 우주를 즐기면서 나이를 먹어가는 거야. 어때?"

초록은 현대인이 꿈을 가질 수 있다는 말은 믿지 않았다. 진짜로 꿈을 지니고 있다면 약간 모자란 인간이 아닐까 생각하기도 했다. 그런데 동경해 마지않던 김구름이 바로 그 꿈 이야기를 늘어놓은 것이다. 게다가 그 순간의 김구름은 진지해 보이기까지 했다. 갑자기 떠오른 것처럼 이야기하고 있었지만 이초록의 눈을 속일 수는 없었다. 아마도 김구름의 마음은 여름 내내 사비예술대학교 캠퍼스를 걷고 있었을 것이다. 그

곳이 캠퍼스 같은 거 없이 따로 떨어져 있는 건물 몇 채로 이루어진 학교라는 건 나중에 알았지만.

아무튼 그 이야기를 하는 김구름의 눈은 지금껏 이초록이 본 중 가장 밝게 빛났다. 그래서 이초록은 그 속으로 빨려 들어갔다. 김구름이 유학 가서 하고 있다던 온갖 잡다한 활동에 관한 이야기가 마침내 하나로 꿰어졌다. 그 길고 긴 도전기 속에는 남들은 모르는 애잔함이 담겨 있었다. 서두부터 '사비예술대학교'라는 구체적인 장소에서 시작하는 꿈이었다. 상세히 알아봤고, 시뮬레이션이 끝났다는 말이었다. 하지만 이제 와서 말로 떠들기 시작했다는 건 손에 잡히지 않는 꿈이 될 가능성이 커졌다는 뜻이기도 했다. 그런 고단함이 김구름의 눈을 더욱 빛나게 만들었다. 그러니까 그 꿈은 '진짜'였던 것이다. 그것은 천재적인 재능과도 별반 다를 게 없었다. 아니, 세상 부러울 것 없는 천재도 저걸 보면 한 사흘은 부러워할 게 틀림없었다.

그런 순간을 목격할 때마다 초록은 자신이 부모로부터 물려받은 재능에 대해 생각하곤 했다. 별 관심도 없으면서 좋은 건 귀신같이 알아보고, 이거다 싶으면 망설이지 않고 달려드는 과감함까지. 언젠가 김구름이 한마디로 정리해준 적도 있었다. "금수저라서 그래"라고.

이초록의 눈앞에는 모든 것을 지닌 완벽한 존재가 앉아 있었다. 타고난 재능에, 진짜 꿈에, 심지어 통찰력까지, 그야말로 찬란하게 빛나던 연기 학원 친구 김구름. 이초록은 마침내 그 질문을 던지지 않을 수 없었다.

"그런데 우주로 나갈 수가 없다는 거지?"

김구름의 얼굴이 흐려졌다. 역시 그 부분이 고민의 핵심인 모양이었다.

"어렵네. 일단 집값부터 너무 비싸고, 교통비에 학비도 장난 아닌데 장학금은 좀 더 어린 애들한테 가고. 그리고 이게 결정적인데 올해부터는 현지 학생 쿼터도 확대된다는 것 같아."

"좋아."

"뭐가?"

"아니, 그런 게 있어."

이초록은 꿈을 훔치기로 했다. 이유는 단순했다. 눈이 부시도록 좋아 보였고, 자기는 마음만 먹으면 언제든 우주로 갈 수 있었으니까.

이초록은 그 주에 당장 직장을 그만두고 다음 달에 출발하는 사비행 우주선에 올라탔다. 회사에서는 그다지 아쉬워하지 않는 눈치였고, 우주선은 수속 마감 직전이라 운임이 피

크였다. 사비는 지구가 아닌 화성 쪽에 떠 있는 스페이스 콜로 니였는데 화성으로 가는 민간 여객 항로는 2년에 한 번씩만 열렸다. 지구와 화성이 26개월에 한 번 가까워지는 탓이었다. 출발 25개월 전에 반값으로 사도 부담스러운 티켓이었는데, 마지막 주에 제값을 주고 산 천하의 멍청이가 있었으니 그게 바로 이초록이었다.

몇 달 후 이초록은 드디어 사비에서의 첫 밤을 보내게 되었 다. 그리고 다음 날 잠에서 깬 순간부터 사비에 온 것을 후회 했다.

'아, 망했다.'

스페이스 콜로니 사비는 작은 도시였다. 우주선치고는 어 마어마하게 거대한 구조물이지만 도시라고 생각하면 그냥 시 골에 있는 중소 도시 정도에 지나지 않았다. 밖은 그렇다 쳐도 우선 집부터 갑갑했다. 방이 좁고 창문이 작아서 퀴퀴한 냄새 가 잘 빠지지 않았다. 사실 그 퀴퀴한 냄새는 우주 공항에서 부터 동네 골목길까지 도시 전체를 채우고 있었다. 새집은 도 시만큼이나 나이를 먹은 것 같았다. 칠이 벗겨진 곳이 여기저 기에 보였고, 주방과 욕실에는 열심히 청소해도 지워지지 않 는 물때가 구석구석 남아 있었다. 현관에는 장우산이 세워져

우주섬 사비의 기묘한 탄도학

있었는데 신발장이 너무 작아서 들어가지도 않았다.

'이건 또 왜 있는 거야, 여기는 비도 안 온다며?'

웬만한 가구는 우주선에서처럼 접었다 펴는 방식이었는데, 이초록은 접이식 침대만은 도저히 용납할 수 없어서 지구에서 출발하기 전부터 미리 고정식으로 주문했다. 부동산중개업자가 난감해하는 것을 업무 태만으로 믿고 강하게 다그치기까지 했다. 그랬더니 하나밖에 없는 방이 침대로 가득 찼다. 맨바닥이 거의 없다시피 해서, 침대를 밟고 똑바로 일어서면 머리가 천장을 스칠 지경이었다. 그래도 우주선에서 보낸 몇 달보다는 훨씬 낫다고 스스로를 위로했지만, 지구에서 보낸 한평생과 비교하면 훨씬 못한 게 사실이었다. 방 네 개에 욕실이 두 개인 지구 집보다, 방 하나 욕실 하나 주방 하나가 다인 사비 집이 몇 배는 더 비싸다는 점도 후회의 주된 이유였다. 김구름의 함정에 빠져버린 기분이었지만 김구름의 잘못이 아니라는 것은 이초록도 잘 알고 있었다.

하지만 그날 알게 된 가장 충격적인 사실은, 사비예술대학교가 스페이스 콜로니 사비에 있는 학교가 아니라는 것이었다. 학교 따위 아무 상관이 없었기에 자세히 알아보지도 않았고, 사실 없어도 그만이었지만, 그래도 사비예대가 사비에 없다니! 멍청한 실수가 아닐 수 없었다.

"그거 고마에 있는 데 아니야? '웅진-고마' 거기 달 근처에 있는 콜로니잖아. 우리 친구가 여기 시내에서 미용실 하는데 그 집 딸이 고마로 유학 갔거든. 인구가 50만 명인가 그렇다던데. 맛있는 것도 많고, 구경할 데도 많대. 거기에 비하면 여기는 완전 시골이야. 시커멓고 지저분하고."

우주선에서 내내 장발로 지내다가 사비에 온 뒤 처음으로 찾은 미용실에서 원장님이 한 말이었다. 웅진熊津은 곰나루란 뜻이고 고마는 딱 봐도 곰의 옛말이다. 웅진은 백제의 두 번째 수도고, 사비는 세 번째이자 마지막 도읍이었다. 지구에서도 정신을 똑바로 차리지 않으면 헷갈리기 쉬운 지명이었다.

"사비예대가 웅진에 있다고요? 그럼 사비에는요?"

"고마공대지."

"아!"

원장님은 이초록이 혼란에서 빠져나오기를 기다려주지 않고 이상한 소리를 연달아 늘어놓았다.

"자기는 머리 자라는 속도를 미분하면 대머리겠다."

"네? 그건 또 뭔데요? 제가 어디를 봐서 대머리인가요?"

"아니, 대머리라는 게 아니라 머리가 자라는 속도가 그렇다고. 미분 알지, 미분? 머리카락 자라는 속도가 부위마다 다르거든. 이렇게 길 때까지 날마다 같은 시간에 누가 길이를 잰다고 쳐봐. 머리카락 하나하나 다. 그걸로 그래프를 그려. 가로축에 날짜, 세로축에 시간. 그럼 왼쪽 아래에서 오른쪽 위로 비스듬히 올라가는 그래프가 그려지잖아. 그 기울기가 머리카락이 자라는 속도야. 그럼 어떻게 해야겠어? 그걸 미분해서 길이로 바꾸면 되겠지? 머리카락 하나하나마다 선이 하나씩 나오는 거야. 이제 그걸 심어. 가상의 머리에, 원래 있던 자리에다."

"머리카락을 다 뽑아서 미분한 다음에 다시 원래 자리에 심으라고요?"

"그렇지. 그럼 자기 대머리 된다. 하하하하하하하."

미용실을 나서니 완연한 버섯 머리였다. 옆머리가 빨리 자라서 버섯 모양이 될 거라는 이야기를 그렇게나 신나게 떠들어놓고도 버젓이 버섯 머리를 만들어놓다니! 그제야 초록은 미용실 입구에 붙어있는 작은 간판을 다시 보았다. 미용실 이름부터가 '자연주의'였다.

사실 이초록은 지구를 떠나는 우주선 티켓을 알아보기 전에 사비에 관직부터 사두었다. 고정식 침대를 주문한 건 그다음이었다. 관직을 알선해준 사람은 고모였다. 이강녕 여사님. 부친이 강녕이 누나라고 부르는 집안 어른이다. 이강녕 여사는 오래전에 화성으로 이주해서 그곳에서 출세했다. 수학에 관심이 많았고, 거기에 뜬금없이 한문을 열심히 공부했는데 그것도 김구름이 말하는 금수저의 특징일지도 모른다. 아무튼 고모는 화성에서 몇 년을 살다가 갑자기 조선 시대 역법을 연구해서 전문가가 되었다. 그리고 점집을 차려서 큰돈을 벌었다.

그런데 초록의 고모가 연구한 역법曆法은 주역周易 같은 게 아니라 천문학에서 말하는 '달력 계산하는 법'이었다. 역학易學이 아니라 역학曆學인 셈이다. 고모는 조선 시대 도성에 있던 천문대인 관상감觀象監의 천문학 지식을 연구해서 화성에 적용했다. 화성의 밤하늘을 조선 시대 방식으로 해석했다는 말이다. 정말로 참신한 작업이었으므로 다른 역술원에서는 감히 따라갈 방법이 없었다. 천문학자나 수학자를 고모만큼 많이 고용할 리가 없었으니 당연한 일이었다. 그래서 고모의 '연구소'는 화성에서 영업을 시작한 점쟁이들을 죄다 사이비로 만들어버리고 화성 역술계의 표준으로 자리 잡았다.

"화성에도 명산은 있지만, 신령님이나 오래된 나무는 없거든. 죽어서 유명한 귀신도 아직 충분히 축적이 안 됐고. 신점으로는 우리와 경쟁이 안 되지. 하지만 진짜 이유는 이거다. 무속으로 영업하려면 퍼포먼스를 해야 한다. 무형문화재급으로 춤이며 노래를 전수해 왔어야 한다는 말이지. 그런 준비도 안 해 오고 우리와 경쟁을 하겠다고 하면 그건 그냥 사기야. 당연한 소리 아니겠니?"

사실 조선의 관상감은 천문학만 하는 데가 아니라 풍수지리나 택일 같은 것도 함께 맡아보던 관청이었는데, 화성에서도 돈이 되는 쪽은 이 부분이었다. 고모의 연구소는 관상감의 별명이자 고려 시대 천문대의 명칭인 '서운관書雲觀'으로 이름을 바꿔서 '800년 전통의 종합 운명 컨설팅 기업'으로 거듭났다. 서운관은 화성의 역술 시장을 사실상 장악한 뒤 우주 시장 진출을 목표로 사비에 플래그십 스토어를 열었다. 사비에 있는 다른 가게들처럼 서운관 간판도 거의 눈에 띄지 않을 만큼 작고 흑백이었는데, 'Clouds Record'라는 영문 표기 아래에 '書雲觀'이라는 한자가 멋들어지게 돋을새김되어 있었다. 다만 한국어 표기가 따로 없어서 언뜻 보면 음반 회사나 서점처럼 보이는 게 문제였다. 그래도 찾아올 사람들은 다 찾아온다는 게 고모의 설명이었다.

"여기 명사들이 생사를 점치는 일에 관심이 많거든. 워낙서로 살벌하게 싸워대고 있어서. 그런데 너는 왜 이런 살벌한 데로 오고 싶었다고 했지?"

고모의 기습적인 질문에 초록은 말문이 막혔다.

고모에게는 일상적인 대화보다 훈시가 더 편한 것 같았다. 집무실에 들어섰을 때 고모가 처음으로 건넨 말은 "오랜만에 보는구나. 내가 기억나니?"였다. 그런데 그 오랜만이라는 게 초록의 돌잔치 이후 지금까지의 시간을 말하는 것이었으므로, 당연히 초록이 고모를 기억할 리는 없었다. 그래도 고모는 초록이 사비에서 잘 지내기를 바라는 것 같았다. 적어도 이초록이 서운관을 사기꾼 조직으로 보지 않기를 바라는 것만은 분명했다.

"너는 '새해 복 많이 받으세요'를 말하는 시즌이 1년에 몇 번이나 되니?"

"네? 두 번이죠. 양력에 한 번 음력에 한 번."

"그렇지. 한국 사람은 다 그렇게 살지. 그런데 화성에서는 그걸 네 번씩 하는 해도 생긴다."

"왜요?"

"지구 달력과 화성 달력이 또 다르거든. 화성은 공전주기가 훨씬 길고 하루의 길이도 지구보다 조금 길단다. 화성 달력 1년이면 지구 달력 2년이 온전히 다 들어가지. 화성의 1년은 공전주기로 셀 수도 있고 지구와의 화합 주기로 셀 수도 있는데 사비에서는 화합 주기로 센다. 779.9일이다. 이것부터가 보통 복잡한 문제가 아니지만 복잡한 건 나중에 이야기하

자. 아무튼 지구 달력에 음력과 양력이 있고 화성 달력으로도 양력이 있는데, 서양 천문학자들이 지구 음력에 대응하는 화성 음력을 만들어줄 리 만무하지 않겠니. 일단 달이 그 달이 아니니까. 화성에는 달이 두 개가 있는데 크기부터가 자잘하지. 그래서 다들 애매해졌단다. 화성에서 진짜로 복을 비는 날은 언제일까? 지구에서는 아무래도 음력설이 메인이잖니. 양력설에도 왠지 떡국은 챙겨 먹고 있지만 그걸 먹는다고 나이를 한 살 먹을 것 같지는 않고. 사람한테는 복이나 운명을 관장하는 시간의 눈금도 필요하단 말이지. 음력이 포함된 온전한 화성 달력이 있어야 한다는 소리다. 우주에 나와서도 인간은 결국 그렇게 사니까. 우리가 하는 일이 그거란다. 또 다른 시간의 눈금을 제공하는 서비스라고 할까."

물론 고모의 '종합 운명 컨설팅'은 그 선에서 겸손하게 멈추는 사업이 아니었다. 운세를 점쳐주고 어떤 날을 피해야 하는지 말해준 다음 어이없을 만큼 큰돈을 챙겨가는 게 그 사업의 핵심이었다. 그뿐만이 아니었다. 고객의 문제를 좀 더 깊이 이해하기 위해 서운관에서는 비밀리에 정보망까지 운영했다. 고객을 뒷조사해서, 고객이 겪은 사건이 사주에 이미 나와 있는 것처럼 말하곤 했다는 소리다. 그런 큰 사업을 하는 분이었으므로, 이강녕 여사는 매관이나 매직에 대한 태도도 솔직하고 당당했다.

"암, 첫 직장은 사서 다니는 게 좋지. 아무 데나 시험 봐서 들어가는 거 아니다. 네 부모가 교육에 관심이 없어서 이미 첫 단추는 잘못 낀 것 같더라만, 지금부터라도 찬찬히 다시 시작하자. 좀 쉬다가 다음 주부터 시청 주소국장 자리로 출근하면 된다. 꽤 요직이니 관가에서 떠다니는 소문을 들을 일도 많을 거다. 귀를 열고 있다가 매주 주말 아침에 내 집으로 브런치를 먹으러 오면 된다."

결국 그게 목적이었다. 관가에 심어둔 서운관 정보원.

다행히 사비의 행정은 엉망진창이어서, 주소국이 뭔지 난생처음 들어보는 사람이 국장으로 앉아 있어도 딱히 잘못된 티가 나지 않았다. 전 국장은 유서 깊은 무기 밀매 조직의 브레인 같은 사람이었는데, 화성으로 출장을 간다고 나갔다가 지구 시간으로 9개월간 출근하지 않았다. 그의 행적은 그게 마지막이었다.

초록이 놀면서 천천히 업무 파악을 해보니, 주소국 전체 직원 여덟 명 중 세 명은 놀고 있었고, 그나마 의욕 있는 두 명은 뇌물을 열심히 챙기고 있었으며, 하나는 교육 중인 신입이었는데 교육을 마친 후 어디로 발령 날지 정해지지 않은 상태

우주섬 사비의 기묘한 탄도학

였다. 일을 제대로 하는 사람은 한 명이었다. 마지막 한 사람이 국장인 이초록이었는데, 그도 이제 어느 무리에 속할지 태도를 정하기만 하면 됐다. 초록의 선택은 물론 탐관오리였다.

주소국의 일은 주소를 관리하는 것이었다. 그런데 사비는 주소 체계가 뒤죽박죽이었다. 기본적인 체계는 군에서 만든 것이었다. 사비는 지구에서 화성을 침공할 때 병력을 주둔시킬 목적으로 만든 전초기지였기 때문이다. 당혹스러운 건립 의도였고 모두가 알다시피 그런 일은 일어나지 않았지만, 사비의 바깥쪽 구조물, 즉 스페이스 콜로니 자체는 지금도 군인들 소유였다. 화성 침공이 사실상 좌절되자 이들은 안쪽 도시 구역의 부동산을 잘라 팔아서 부자가 되었다. 아마도 귀환 명령이 떨어졌겠지만, 불복하고 그대로 눌러앉기로 한 모양이었다. 민간인이 이주한 뒤에는 군인들도 도시 안쪽의 널찍한 부지에 모여 살다가 마침내 일종의 귀족층을 형성했다. 이들은 시내를 돌아다닐 때 우주복을 입고 다니기도 했는데, 자기들 딴에는 중세 유럽 귀족이 입었던 갑옷처럼 명예로운 복장이라 여기는 듯했다. 물론 초록을 포함한 사비 주민은 대부분 우주여행을 한 직이 있으므로 그 옷이 그냥 고기능 작업복이라는 사실을 모르지 않았다.

무엇보다 이 군인들은 그들이 '민간인'이라 부르는 거주 구역 주민들의 삶에 관심이 없었다. 악덕 선주가 화물칸에 몰래 태운 밀입국자의 편의에 무관심한 것과 비슷한 이치였다. 그래서 사비는 행정이며 정치가 다 난장판이었다. 주소국은 엉망진창이 된 사비 행정의 상징 같은 부서였다. 주소가 정리돼야 다른 행정 체계도 정비될 수 있으므로, 다른 부서 사람들은 새 주소국장이 혹시나 유능한 사람은 아닐까 노심초사하는 눈치였다.

그러나 초록이 3시간 동안 점심을 먹고 사무실로 돌아와 느긋하게 티타임을 시작하는 일과를 열흘간 반복하자, 다른 부서 사람들이 먼저 마음을 열고 다가왔다. 이초록은 사람들과 자주 현장 점검을 나갔다. 별 상관도 없는 사람들과 현장을 구경한 다음 점검한 것을 아무 데도 기록으로 남길 필요가 없는 신나는 활동이었다. 이래서 첫 관직은 사서 들어가야 한다는 거구나 싶었다.

"그런데 대치로가 무슨 말입니까?"

어느 날은 몇 번 같이 점심을 먹은 경찰청 경비과장이 주소국장 방으로 놀러 와 차를 마시다가 물었다.

"대치로? 길 이름 말인가요?"

"신고가 들어와서 긴급 출동 명령을 내렸는데 가보면 이미 늦는 경우가 허다하거든요, 똑같은 길 이름이 워낙 많아서.

그런데 대치로라는 건 뭔데 서른세 군데나 있는지 모르겠어요. 어느 대치로인지 알 수가 있어야죠. 지구에서 오셨으니 혹시 아실까 해서요. 하하하하하."

"아, 그거요? 원래는 큰 고개大峙라는 뜻인데 사비에 고개는 없을 거고, 기복 신앙 같은 겁니다. 자식들 공부 잘하고 집값 오르라는. 긴급 출동은 서른세 군데 다 보내면 안 될까요?"

"그럼 저도 출동해야 하는데요. 하하하하하."

"하하하하하."

주말 브런치 시간에 초록이 그 이야기를 하자 이강녕 여사가 크게 기뻐했다. 경비과장이면 조직의 핵심부로 갈 사람들이 꼭 거쳐 가는 자리고, 그런 만큼 서운관 관점에서 유용한 이야기가 많이 흘러나오는 자리라는 것이었다. 초록은 이게 뭐 하는 짓인가 싶어 잠시 자괴감에 빠졌지만, 지구로 돌아가는 여객편이 뜰 때까지만, 다시 말해 다음번에 화성이 지구에 근접할 때까지만 스페이스 탐관오리로 살아보기로 했다.

그러자 경비과장이 다시 보이기 시작했다. 경비과장 여화성은 그야말로 타고난 탐관오리었는데, 힘께 보내는 시산이 많아지면서 정말로 다른 데서는 듣기 어려운 이야기를 잔뜩 들려주었다. 원래 그는 과묵하기로 이름난 사람이었지만, 이상하게도 초록의 방에 와서는 말이 많았다. 언젠가 김구름이 찾아준 이초록의 재능과 관련 있는지도 몰랐다.

"너는 연기는 지지리도 못하는데 이거 하나는 기가 막히게 잘해. 상대 배우가 대사 칠 때 '어이쿠, 저런, 그런 일을 겪으셨군요' 하고 측은하게 바라보는 표정."

"내가?"

"너 알고 하는 거 아니지? 애가 원래 그렇게 생겼나? 아무튼 애들이 너한테 와서 있는 이야기 없는 이야기 다 하고 가지, 너는 별로 안 궁금한데?"

"그런 경향이 있지."

"그럴 줄 알았어. 그것도 팔자다. 내가 딱 정해줄게. 너는 정보기관에 들어갈 팔자니까 그런 쪽으로 진로를 알아봐. 이왕이면 정식으로 하는 데 말고 어디 민간기업체 야매 정보원 같은 걸로. 애가 너무 대놓고 비굴해서 초년에 경력 쌓기는 힘들겠지만 시간 지나면 쭉쭉 치고 올라갈 거야, 영문도 모르고."

초록의 첫 직장이 일류 결혼정보회사의 프리미엄 고객 신원조사팀이었던 것도 그 이유였다.

경비과장은 마치 상담사라도 찾듯 뻔질나게 찾아와서는 주소국장이라는 직책에 무슨 비밀 유지 의무라도 있는 것처럼 아무 거리낌 없이 수상한 이야기를 쏟아냈다. 그중에는 킬 스위치에 관한 정보도 있었다. 정확히 말하면 킬 스위치가 먼저 죽어버린 킬러에 관한 이야기였다.

"맨 처음 민간인이 사비로 이주하던 시절에 지구에 사는 어느 고위급 멍청이가 이주민 사이에 킬러를 심어놨대요. 하도 몰래 심어놔서 명령 계통도 있는 듯 없는 듯 아슬아슬하게 남겨놨고요. 옛날에 유행하던 건데 이게 뭐냐면, 표적만 미리 지정해놓고 명령하는 사람과 명령받는 사람은 중간에 서로 연락도 안 해요. 안 들키게. 그러다 실행 명령이 떨어지면 킬러는 그것만 한 건 하고 끝. 보상은 충분히. 서로 깔끔하죠. 이 멍청이는 오래오래 살아서 지금도 고위급이라는데, 최근에 암살 실행 명령을 내렸대요. 오판을 했는지 정신이 오락가락하는지, 그러다 갑자기 정신을 차려서 명령을 취소하기로 마음먹었대요. 킬러를 어디에 보낼 때는 명령을 취소할 수 있는 수단도 같이 보내거든요. 이게 킬 스위치라는 거예요. 죽이라고 명령하는 스위치가 아니라, 그 명령을 취소하는 스위치. 그런데 세상에!"

"세상에?"

"킬 스위치가 먼저 죽었네?"

"그럼 어째요?"

초록은 '어이쿠, 그런 일이 있었어요' 표정을 하고 그의 눈을 따뜻하게 바라보았다.

"취소가 안 되는 거죠. 그거 때문에 요새 다들 난리가 났어요. 그 고위급 멍청이가 어떻게든 자기 킬러를 찾아내라고 성화인 모양인데, 아무도 모르고 자기만 알던 킬러를 이제 와서 어쩌라고."

다들 난리가 난 도시의 경찰청 경비과장치고는 한가한 말투였다. 딱 봐도 그렇지만, 경비과가 주민 모두를 경비하는 건 아닌 모양이었다. 다음 브런치 때 초록이 그 이야기를 하자 고모는 경비과장이 남의 일처럼 말하게 된 배경을 설명해주었다.

"여기 경찰은 그런 경찰이 아니니까 그렇지."

"그런 경찰이 뭔데요?"

"모두의 경찰이라고 해야 할까? 지구에도 진짜 모두의 경찰은 없지만, 이론상 대다수의 경찰이기는 하잖니. 여기 경찰은 대놓고 경찰이라는 이름의 사병 조직 같은 거란다. '경찰파' 같은 거지. 그렇게 알고 있으면 오해가 없을 거야. 그나저나 좋은 걸 물어왔구나. 실적으로만 따지면 이제 반년은 놀아도 되겠어. 하지만 중요한 때니 더 해줬으면 좋겠구나. 보상은 섭섭지 않게 하마."

그렇게 말하는 고모의 표정이 너무 흐뭇해 보여서 초록은 왠지 기분이 나빠졌다.

　주소국에서 유일하게 일하는 직원인 수미야의 이름은 수미가 아니고 수미야였다. 처음에 초록은 사람들이 다들 '수미야'라고 부르는 것을 보고 참 붙임성이 좋고 인기가 많은 직원이구나 했는데, 가만히 지켜보니 붙임성과는 조금 거리가 있었다. 순전히 초록이 착각한 것이었다.

　수미야가 가장 긴 시간을 들여서 하는 일은 길 이름을 새로 떠올리는 것이었다. 컴퓨터로 아무렇게나 생성해서 시장 이름으로 배포해버리면 그만인 일이지만, 그렇게 배포된 이름을 따르는 사람은 없었다. 길 이름은 얼마쯤 자연 발생하기 마련이어서 어느 정도는 현지의 관습을 존중할 필요가 있었다. 인위적으로 작명하는 경우에도 도시 구조를 이해하는 데 도움이 되도록 논리적으로 길 이름을 배치하는 것이 좋았다. 수미야는 지구에 있는 도시 이름을 옮겨오는 방식을 좋아했다. 이 구역에는 아시아 도시 이름을, 다른 구역에는 유럽 도시 이름을 모아놓는 식으로, 길 이름이 지리적 좌표 역할을 하도록 하는 게 수미야의 구상이었다.

　물론 현실은 그와 거리가 멀었다. 사람들은 수미야가 아부

다비길이라고 정성 들여 이름 붙인 길을 '존맛탱로'라고 불렀다. 사실 주민들 대다수가 아부다비길 같은 예쁜 말은 들어본적도 없었고 관심도 없었다.

"으어, 존맛탱로가 그새 네 군데가 됐어. 게다가 하나하나가 점점 길어져. 어떤 건 기역 자로 꺾이기까지."

기역 자로 꺾였다는 건 따로 이름이 있던 다른 길이 존맛탱로에 잡아먹혔다는 뜻이다. 주소 체계가 실시간으로 꼬이고있다는 말이기도 했다. 진짜 현장 점검을 다녀온 수미야가 그렇게 절규하면, 그 말을 들은 초록은 점점 길어진다는 존맛탱로를 찾아다녔다. 물론 결과는 실망스러웠다. 사비에서 '존맛탱'이란 다소 실험적인 방식으로 아무 맛도 안 난다는 의미인것 같았다.

"이봐, 국장 양반." 수미야는 초록을 그렇게 불렀다. "내가길에서 이상한 걸 봤는데 말이야. 당신도 놀러 다니다가 비슷한 거 발견하면 나한테 알려줘봐."

수미야는 메모지에 색연필로 그림을 그려서 이초록에게건네주었다. 안쪽에서부터 하양, 빨강, 하양, 빨강 네 개의 동그라미로 이루어진 동심원이었다. 수미야가 덧붙였다.

"보면 바로 알려줘야 해. 딱 하루만 있다가 다음 날이면 사라지거든. 뭔지 모르겠지만 자꾸 눈에 띄어서. 분필로 길바닥에 색칠한 그림이니까 까먹지 말고, 발견하면 나한테 신고해.”

“저기, 그래도 내가 국장인데.”

“국장 좋아하시네. 내가 바로 주소국이시다.”

초록은 빠르게 수긍했다.

“예, 선배님.”

사비는 원기둥 모양으로 생긴 도시다. 사비의 시가지는 직사각형 지도를 안쪽으로 동그랗게 말아서 양 끝을 이어 붙인 형태였다. 주소국 구석에는 진짜 그렇게 생긴 지도 기둥이 서 있기도 했다. 양 끝이 붙어 있지는 않고 사이가 벌어져 있어서 사람이 드나들 수 있는 지도실. 직사각형 평면 지도에서 사선으로 놓여 있는 일곱 개의 평행한 도로는, 동그랗게 말아놓으면 양 끝이 서로 이어진다. 지도 오른쪽으로 올라가는 사선의 끝이 맨 왼쪽에서 시작하는 다음 사선과 만나는 식이다. 그러니 사실 차가 다니는 도로는 딱 하나밖에 없는 셈이다.

말로만 설명하면 현지인도 무슨 말인지 못 알아듣지만, 두루마리 휴지심 안쪽 면처럼 생긴 도시 어디서든 고개를 들기만 하면 도시를 휘감으며 길게 이어진 도로를 두 눈으로 직접 볼 수 있으므로 헷갈리는 사람은 아무도 없다. 현지인이 모르는 건 인공중력의 생성 원리 같은 것이다. 사비 사람들은 머리 위 도로를 걸어가는 사람들이 어떻게 내 발밑, 중력이 작용하는 방향으로 떨어지지 않는지 죽어도 이해하지 못한다. 현지 지리 교과서에도 나오고 사비행 우주선에서도 안내 영상이 15주간이나 반복 재생되지만, 설문조사를 해보면 전체 인구의 3분의 2 이상이 그런 소리는 난생처음 들어본다고 대답한다.

사실 현지인들은 원기둥 형태의 스페이스 콜로니가 끊임없이 회전하면서 원심력을 만들어낸다는 설명보다는 스페이스 콜로니 바깥쪽, 그러니까 각자의 발밑에 신비한 '최첨단 인공중력 발생 장치'가 작동하고 있어서 사람이 원통 중간으로 떨어지지 않도록 잡아끌고 있다는 설명을 더 좋아한다. 일부는 그 설명을 신앙처럼 믿는다. 그 신비한 장치에서 발생한다는 '유해 전자파'를 피하려고 고층 집만 고집하는 사람도 꽤 있다. 지구에서나 우주에서나 인간은 세계를 직시하고 이해하라는 말을 엘리트 계급의 지적 사기나 억압으로 받아들이는 종이다.

아무튼 차가 다니는 대로가 딱 하나인 덕분에 사비에서 길을 찾는 일은 생각보다 쉽다. 그 길만 따라가면 웬만한 데로 다 갈 수 있는 구조이므로, 어디서 멈춰서 골목으로 꺾어 들어가야 하는지만 알면 길을 잃고 싶어도 잃기가 어렵다.

큰길에서 꺾어 들어가는 골목도 딱 두 방향이다. 원통의 한쪽 면은 '부두'고 반대쪽 면은 '군항'이다. 부두에는 '민간인'과 물자가 오가는 우주 공항이 있는데, 밖에서는 우주 공항이라 불리다가 도시 안으로 들어오면 갑자기 부두라고 불린다. 반대쪽에 있는 우주 공항은 사비의 원래 주인인 군인들이 독점하는 시설이고, 해가 드는 쪽이다. 진짜 태양 방향이 아니라 태양광 반사판이 있는 쪽인데, 인구 대다수는 그쪽으로 갈 일이 전혀 없으므로 부두 방향과 군항 방향을 헷갈릴 일은 없다. 눈을 90도만 들면 '부두'와 '군항'이 실제로 보이기 때문에 표지판을 놓을 필요조차 없다.

이초록의 퇴근길은 언제나 이 큰길이었다. 제일 오래된 길이었지만 어째선지 현지인들은 신작로新作路라고 부르는 길이었다. 집은 부두 근처고 시청은 도시 중간쯤에 있어서 뱅뱅 돌아 집까지 걸어가려면 시간이 한참 걸렸지만, 집에 가도 딱히 할 일이 없는 주소국장에게는 그저 산책하며 시간을 보내는 것도 나쁘지 않은 일과였다.

특히 재미있는 건 해가 지는 순간이었다. 사비에는 황혼이나 어스름 같은 게 없다. 태양광이 곧바로 들어오는 게 아니고 스페이스 콜로니 바깥쪽에 있는 반사판을 거쳐서 들어오는데, 저녁이 되면 반사판이 방향을 휙 틀어서 조명이 꺼지듯 도시 전체가 한꺼번에 밤이 된다. 아침은 그 반대다. 그렇게 밤이 오면 몇 초 뒤에 가로등이 켜진다. 집마다 켜지는 전깃불은 그보다 조금 더 느리고 타이밍도 제각각이다. 그 순간의 사비는 정말 특별하다. 채 30초가 안 되는 짧은 시간 안에 우주 도시 사비의 모든 것이 녹아들어 있다.

우리는 애매한 저녁 같은 거 모른다, 밤 아니면 낮이다! 그래도 여기는 사람 사는 동네다! 우리도 가끔 의심스럽지만 아무튼!

그리고 욕설도 자주 들린다. 밤을 기념하는 욕인지 뭔지 모르겠지만, 그 또한 사비의 일부다. 뭐라 더 자세히 설명하기는 어려운데, 가끔 김구름과 함께 걷고 싶다는 생각이 드는 길이었다. 김구름이 함께 걷고 싶어할지는 대단히 의문이지만.

그날 저녁 퇴근길에, 이초록은 수미야가 말한 동심원 그림을 우연히 발견했다. 현지인들이 '길막로'라고 부르고, 수미야는 '자그레브길'이라고 이름 붙인 길 입구의 널찍한 공터 한가운데였다. 예전에는 누가 상습적으로 길을 막은 모양이지만 지금은 의외로 뻥 뚫려 있는 길이었다.

그림의 크기는 제일 바깥쪽 원을 기준으로 했을 때 50센티미터 정도로, 제법 컸다. 바닥에 그려진 게 이상하긴 하지만 그냥 보기에는 무슨 표적지나 과녁 같은 느낌이었다. 초록은 고개를 들어 위를 올려다보았다. 공터는 위가 막혀 있었다.

양쪽에 서 있는 건물 두 채가, 5층 높이쯤 설치된 구름다리로 이어져 있었다. 말이 구름다리지 아래에서 보면 지붕이 덮인 것처럼 폭이 넓은 구조물이었다. 또한 양옆이 모두 막혀 있어서 고개를 내밀고 아래로 총이나 활을 쏠 수도 없는 형태였다.

초록은 자세를 낮추고 그림을 자세히 들여다보았다. 손으로 그린 그림이었지만 원 모양이 꽤 정확했다. 동심원 간격이나 꼼꼼한 채색 방식을 보면 아무렇게나 한 낙서는 아니고, 한두 번 그려본 솜씨도 아니었다. 전체적으로 우중충한 사비의 풍경 속에서 단연 눈에 띄는 색채이기도 했다.

'이게 바로 그 '우주에서 예술하기'인가?'

다음 날 아침에 그 이야기를 꺼내자 수미야가 이초록을 질책했다.

"바로 알려달라니까."

"퇴근 후에도 바로?"

"출근하면 일하는 사람처럼 말하네. 지금 가면 벌써 없어졌을 텐데."

"벌써? 밤이 지나기 전에 바로 없어지는 건가? 가만 생각해봤는데 그게 이상했어. 없어진다는 거. 정성 들여 그렸던데 왜 하루 만에 지울까? 굳이 말이야, 굳이."

"내 말이. 이 동네에 일 저질러놓고 원상 복구 하는 사람이 어디 있다고."

"그러니까. 혹시 뭔가 흔적을 남기면 안 되는 일을 하고 있는 걸까?"

수미야가 어깨를 으쓱하며 말했다.

"그래서 밤에 무슨 일이 일어나나 보려고 했는데 그걸 이제 말해주면 알 방법이 없잖아."

초록은 그날 퇴근길에 다시 길막로 공터에 멈춰 섰다. 수미야의 말대로 그림은 말끔히 지워져 있었다. 그림이 있던 자리로 가서 주위를 살폈다. 사비의 건물은 창문이 작거나 가로폭이 좁았다. 그런 창문 수십 개가 눈에 띄었다. 창문 너머로 누군가의 시선이 느껴지는 듯했다. 물론 아무도 안 쳐다보고 있을 가능성이 더 컸다.

'간밤에 무슨 일이 일어난 거지?'

초록은 찬찬히 주위를 살폈다. 특별히 눈에 띄는 것은 없었다. 언제나 그렇듯 흐린 날처럼 우울한 광경 속에 그가 들어와 있을 뿐이었다.

그런데 그때였다. 다시 집으로 발걸음을 옮기려는데, 별것 아니지만 어쩌면 의미가 있을지도 모르는 풍경이 눈에 들어왔다. 그림이 있던 곳으로부터 세 걸음쯤 떨어진 지점에 바닥

우주섬 사비의 기묘한 탄도학

이 깨진 흔적 네 군데가 보였다. 끝이 뾰족한 쇠꼬챙이를 내리쳐 보도블록이 파인 듯한 흔적이 대략 10센티미터 간격으로 남아 있었다.

초록은 누군가가 동심원 세 걸음 옆에 서서 창으로 바닥을 쾅쾅 내리치는 장면을 상상했다. 그보다는 동심원 세 걸음 옆에 서서 바닥에 총을 네 발 쏘는 사람을 상상하는 편이 자연스러웠지만, 둘 다 이상하기는 마찬가지였다. 경찰청 경비과장 여화성도 그런 일은 없었을 거라고 장담했다.

"에이, 요즘 누가 밤에 대로변에서 총질해요? 암흑시대도 아니고 이런 태평성대에."

"옛날에는 했어요?"

"그럼요, 재작년까지는. 하하하하하. 요즘은 그런 일 있으면 바로 신고 들어와요. 출동하고 말고는 우리 마음이지만. 하하하하하."

"하하하하하."

"그런데 왜요? 부둣가 누님들 슬슬 몸이 근질근질하대요?"

초록이 사는 동네의 조폭 이야기였다.

"글쎄요, 잠결에 들어서. 문 두드리는 소리였나보죠."

"아이고, 우리 국장님 총소리 아직 못 들어보셨구나. 문 두드리는 소리는 무슨."

그는 권총을 꺼내 탁자 위에 올려놓았지만, 다행히 방아쇠를 당기지는 않았다. 제복 입은 경찰 간부가 들고 다니기에는 다소 크고 장식이 많은 무기였다.

사비의 태평성대는 딱 2년 전부터였다. 지구 시간 기준이므로 화성식으로는 1년도 안 되는 기간이다. 민간인 이주 이후로 평화기는 딱히 없었는데, 스페이스 콜로니의 소유주인 군인들이 치안 따위 관심이 없었던 데다 무기까지 슬쩍 팔아먹은 게 근본적인 원인이었다. 군인들이 사는 동네는 지붕까지 요새화되어 있는데 그 안에는 지구 수준으로 멀쩡한 식당과 공연장, 지구 같은 규모는 아니지만 화성에 있는 것과 비교하면 별로 작지 않은 백화점까지 있다고 했다.

"서울에 있던 미군 기지 같은 건가요?"

초록의 물음에 고모가 건성으로 대답했다.

"글쎄. 나도 그렇게까지 옛날 사람은 아니어서 말이다."

주둔군 병기창에서 나온 중화기는 이른바 '유통업자'들에게로 흘러갔다가 흘러나왔다. 그러면서 몇 배로 비싸졌다. 이들은 '조합'이라는 이름의 밀매 조직으로 발전했는데, 시커먼 양복을 입고 실내나 다름없는 스페이스 콜로니에서 굳이 선글라스를 쓰고 다니는 일당이 되었다.

우주섬 사비의 기묘한 탄도학

다음으로 지주 세력이 생겨났다. 땅을 사서 돈을 번 사람들이었다. 우주선 주인은 어디까지나 '주둔군'이고 지주라고 해봐야 원칙적으로는 세입자여야 했지만, 뻔뻔하게 눌러앉아서 깡패를 동원하고 소유권을 주장한 결과 이들은 슬그머니 땅 주인 행세를 하게 되었다. 지주 계층 자체는 별다른 명칭이 없었지만, 이들이 부리는 조직은 '광장파'로 불렸다. 도시 전역에서 매장이 금지되기 전, 사비에는 군인들이 쓰던 임시 공동묘지가 있었는데 이 '묘지 광장'을 재개발하면서 큰 부자들이 여럿 탄생한 데서 유래했다고 한다. 나중에는 광장파가 스스로 지주가 되면서 지주가 먼저인지 광장파가 먼저인지는 아무도 모르게 되었다.

네 번째로 나타난 세력은 경찰파였다. 부패하고 무능하기는 시 공무원이나 경찰이나 마찬가지였지만 공무원들은 '시청파'가 되지 못하고 경찰은 경찰파가 되었다. 그 이유에 대해 사비 전문가인 수미야는, "그딴 거 없고, 경찰은 원래 조직된 폭력이잖아. 정당성이 있으면 공권력이고 아니면 줄여서 조폭이지 뭐. 너도 봐서 알겠지만, 이놈의 공무원들은 너무 생각이 없어서 조직처럼 위대한 거 죽었다 깨어나두 못 만들어"라고 말했다.

문제는 마지막 신흥세력이었다. 부두 근처, 그러니까 초록이 사는 동네 근처가 근거지였는데, 원래는 우주 공항 시설의 곳곳에서 일하던 사람들이 주축이라고 했다. 몇 해 전 화성권 무기 밀매 네트워크 문제가 크게 터져서 사비 전체가 봉쇄에 가까운 경제제재를 당했다. 그 바람에 우주 공항이 거의 휴업하다시피 했고, 이때 휴직한 사람들이 배달업이며 미용실, 네일숍, 가구 리폼 같은 일을 하며 부두 근처에 정착했다. 휴직이 사실상 해직이 되자 조직이 하나 만들어졌는데, 불행히도 노조가 되지는 않고 폭력 조직에 가까워졌다. 지구와는 달리 공동체 개념이 거의 없고 무기 유통이 지나치게 활발한 도시여서 그랬을 것이다.

초록이 이 신흥 조직과 처음 마주친 곳은 바로 집 근처 미용실이었다. 미용실 〈자연주의〉에는 목뒤에 귀여운 문신을 한 손님들이 많았다. 남자는 반드시 버섯 머리가 되고 여자는 유난히 오랫동안 거지 존에 돌입하게 되는 안타까운 스타일링이었지만, 미용실에는 늘 손님이 끊이지 않았다. 상호부터 자연주의라고 명시되어 있었으니 그 모든 결과를 자연의 섭리로 받아들이기로 한 모양이었다. 그리고 그중 태반은 귀여운 새 문신을 하고 있었다.

"아, 그 문신 있으면 20프로 할인이거든. 원래 15프로였는데 계산하기 복잡해서 그냥 20프로로 했어." 원장님이 말했다.

우주섬 사비의 기묘한 탄도학

"멤버십 같은 건가요? 그럼 저도 할까요?"

그러자 미용실 안에 있던 사람들이 모두 초록이 있는 쪽을 돌아보았다. 원장님이 가위질을 멈췄다. 갑자기 정적이 엄습했다. 초록은 영문도 모른 채 옴짝달싹 못 하고 사람들의 날카로운 시선을 온전히 받아내야 했다. 실제로는 몇 명 안 됐지만, 거울에 반사돼서 두 배로 많아 보이는 눈이었다. 초록은 묶여 있는 게 아닌데도 옅은 하늘색 보자기를 둘러쓴 데다 머리에는 빗도 세 개가 꽂혀 있어서 저주에 걸린 듯 꼼짝도 할 수가 없었다.

"자기, 실없는 소리 하다가 여기서 하선하는 수가 있다. 산소통 없이 우주여행 떠나는 거야. 자기 이사 온 지 얼마나 됐지? 오목눈이파라고 못 들어봤어?"

그게 바로 마지막 신흥세력의 이름이었다. 원장님이 다시 가위질을 시작했다. 가위 소리가 사각사각 들리자 모여 있던 시선이 뿔뿔이 흩어졌다. 원장님은 옛날이야기 하듯 오목눈이파에 대해 말해주었다. 오목눈이파 보스가 뱁새를 좋아해서 선량한 항만 직원 시절부터 붉은머리오목눈이 문신을 하고 다녔는데, 삶이 기구해지고 세월이 각박해지자 그 문신이 그대로 조직의 상징이 되어버렸다고. 초록은 '어이쿠, 그런 일이!' 표정을 하고 그 이야기를 경청했다. 보이지는 않았지만 무릎도 딱 붙이고 있었다. 일종의 생존 본능이었다.

오목눈이파는 '주둔군' 귀족들의 문장을 본떠 조직의 문장을 만들기도 했다. 주위에 월계수가 둘려 있고 배경에는 미사일과 도끼가 엑스 자로 겹쳐 있으며 가운데에는 용맹한 조류 한 마리가 날개를 활짝 편 그림이었다. 단, 주둔군 문장의 가운데에는 독수리가 있고 오목눈이파의 문장에는 붉은머리오목눈이가 짧은 날개를 파닥거리고 있다는 차이가 있었다. 물론 주둔군은 그 장난을 좋아하지 않았다. 그 문장은 그들의 앞 세대가 우주군이었던 시절의 영광스러운 유산이었다. 인류 대부분이 지구에만 머물러 있고, 우주를 항행하는 것이 특권이었던 시절에 생겨난 선민의식이야말로 '주둔군'을 다른 사비 거주자들과 구별 짓는 특징적인 요소였다. 오목눈이파는 바로 그 특권 의식에 흠집을 내고 있었다. 그런데도 두 세력의 사이는 나빠지지 않았다. 지배 계층에 대한 공격으로 보기에는, 오목눈이를 사용한 문장이 너무 귀여웠기 때문이었다.

"그 오목눈이파 보스가 2년째 태평성대를 이룬 장본인이다. 그리고 우리 고객이시지."

다음 브런치 날 이강녕 여사가 말했다. 서운관은 오목눈이파와 파트너십 관계를 맺고 정말로 종합 운명 컨설팅 서비스를 제공하고 있었다. 건당 복채를 계산하는 것이 아니라 기간을 정해 거액의 자문료를 받고 조직이 필요로 할 때 언제든 조언을 제공하는 관계였다.

"실은 그 문신 디자인도 해마다 우리가 조언해서 제안하는 거다. 음양오행의 흐름에 따라서 방향이나 동작이 매년 조금씩 바뀌거든. 아무튼 그 양반이 다른 네 개의 파벌을 화해시켰어. 너무 간단하고 말도 안 되는 방법이라 처음 들었을 때는 다들 황당해했지. 그런데 그게 먹히더구나. 모두가 휴전하고 싶었는데 마침 누가 명분을 만들어준 거겠지. 하여간 그쪽으로는 참 비범한 양반이야. 그 간단한 아이디어를 떠올린 사람이 그때까지는 아무도 없었으니까. 킬러가 움직이기 시작하면 그 양반이 목표일 게다."

"그래봤자 오목눈이파는 신흥세력 아닌가요? 킬러는 사비 기준으로 태곳적에 명령을 받았을 텐데."

고모는 고개를 끄덕이며 찻잔을 내려놓았다.

"암살 명령이 특정인 누구를 죽이라는 건 아니었을 거 아니니. 태곳적 명령이 지금껏 유효하니까." 고모가 의미심장하게 말했다.

"그럼요?"

"일반적인 지시이지만 그때그때 상황에 대입하면 구체적인 목표가 딱 보이는 방식이겠지. 예를 들면 현시점에서 일인자를 없애라거나, 아니면 천하를 통일하려는 사람을 제거하라거나."

고모는 느긋하게 기대앉아 다시 포크와 나이프를 바쁘게 움직였다.

"점괘가 그렇게 나왔어요?"

"경쟁사 점괘가 그렇게 나온 것 같던데."

"서운관은 경쟁자 없다면서요?"

"주둔군에 고성능 인공지능이 있다. 영업은 안 하지만 경쟁자이기는 하지. 거기 정보당국은 사비가 어떻게 되든 별 관심이 없어서 정보를 열심히 수집하지도 않는다. 다만 통계자료를 모아다가 가끔 컴퓨터에 넣고 돌리기는 하지. 오라클 어쩌고 하는 프로젝트는 우주 어딜 가나 다 있거든. 관성적으로 토정비결 보듯이 말이야. 여기 주둔군은 결과에도 관심이 없어 보이지만. 그런데 웬일로 이번에는 신탁神託을 슬쩍 흘렸더구나."

"오목눈이파 보스를 노릴 거라고요?"

"그렇게 구체적으로 안 나온대도. 신탁이잖니. 기억하거라. 이런 건 두루뭉술하게 말해야 신뢰를 얻는 법이다."

"예. 신탁이 뭐라고 나왔는데요?"

"조정자를 제거할 거라고. 그러면 사비가 다시 쪼개지거든. 뭐 어려운 계산은 아니다. 그걸 바랄 사람은 수도 없이 많지. 사비 밖에는 특히."

"어떻게 제거하는지도 나왔나요?"

"총으로 저격한다는데 그런 세부 사항은 틀릴 수도 있다. 사주나 인공지능이나 다 그래. 그나저나 내가 너한테 별소리를 다 하는구나. 너무 자세히 알 것 없다."

"예."

초록은 자신이 어떤 표정을 하고 식사를 하고 있었는지 알 것 같았다. 초록이 자기도 모르게 구사하는 리액션의 마법에서 깨어나지 못했는지 고모는 굳이 한마디를 덧붙였다.

"아무튼 자기 죽는다는 소리가 흘러 들어갈 테니, 우리 고객께서 곧 찾아오실 게다. 너도 듣는 게 있으면 빠짐없이 알리거라."

정말이지 부담스러운 특수 능력이었다.

아직 통일되지 않은 초소형 천하는 2분에 한 번씩 자전하고 있었다. 사람들을 바깥으로 강하게 밀어내서 바닥에 찰싹 붙어 있게 하기 위해서였는데, 간혹 멀미를 호소하는 사람도 있을 정도로 빠른 속도였다. 만약 사비가 회전을 멈추면 사람들은 공중으로, 그러니까 원통 중심 쪽으로 둥둥 떠오르게 되어 있었다. 인구 대부분이 똑같은 원리로 작동하는 우주선을 최소한 한 번은 타고 왔는데도 이걸 안 믿는 사람이 3분의 2를 넘다니, 정말 인간은 기괴한 종이 아닐 수 없었다. 물론 사람들이 믿든 믿지 않든 사비의 인공중력은 그런 식으로 작동한다. 그게 과학의 놀라운 점이었다.

아무튼 빠르게 도는 천하 여기저기에서는 가끔 삐거덕거리는 소리가 들렸다. 초록은 도시가 쪼개지지 않을까 걱정했다. 전문가들은 그럴 일은 절대 없다고 했지만 전문가가 모두 시청 소속이라 초록은 하나도 믿음이 안 갔다.

"국장 양반, 혹시 기우杞憂 라고 알아?"

"아, 나 지금 그거야?"

"어, 완전 얼뜨기 같아."

"야, 얼뜨기라는 말 실제로 하는 사람 처음 본다."

"야, 내가 평생 저 소리 듣고 자랐는데, 지금 건 누가 봐도 정상이지. 뭐 부러져서 나는 소리는 완전 달라. 어차피 그 소리 나도 대피할 데도 없거든. 그냥 어서 따라와."

지진이라도 만난 듯 길 한가운데 멈춰 서 있는 초록을 수미야가 한심하다는 눈으로 돌아보았다. 이초록은 현장 점검을 나가는 수미야를 따라나섰다. 동심원이 그려졌다가 사라진 곳을 기억하냐고 묻자 수미야는 늘 지니고 다니던 수첩을 들어 보였다. 김구름이 말했듯 사비에서는 손으로 쓴 기록은 다 귀했다. 그 수첩 안에는 사비 곳곳에서 일어난 일들이 수미야식 주소 체계를 좌표 삼아 기록되어 있을 게 분명했다. 손으로 쓴 건 공유하기 어렵다는 문제가 있지만, 어차피 주소국 안에 수미야의 지식을 공유해도 좋은 사람은 아무도 없었다. 공개하면 훔쳐 갈 인간만 그득했으니 애지중지하는 편이 차라리 나았다.

수미야는 좁은 골목을 빠르게 지나 벤치 여섯 개가 마주 놓여 있는 작은 공터에 멈춰 섰다.

"저쪽 벤치 앞이야. 가운데보다 살짝 저쪽 벤치에 가까워."

"크기는?"

"반 미터 정도? 지금 와서 볼 건 없을 거야."

그 말대로였다. 거기에는 이미 아무것도 없었다.

"반 미터라니, 그건 또 어디 말이야? 보통 0.5미터라고 하지 않아?"

지구였으면 주차장이나 있었을 법한 장소였다. 초록은 위를 올려다보았다. 두 사람이 있는 곳은 5층 건물 두 채와 6층 건물 사이에 있는 공터였다. 사비에는 하늘이 없었으므로 구름이나 파란 하늘 대신 원통 반대편 시가지가 머리 위에 펼쳐져 있었다. 어쩐지 멀미가 날 것 같아서 바라보고 싶지 않은 풍경이었다. 반대쪽에서 망원경으로 올려다보면 그와 수미야가 천장에 거꾸로 매달린 것처럼 보일 것이다.

초록은 그 망원경에 총이 달린 광경을 상상했다. 그러니까 조준경이 달린 저격용 소총 같은. 저쪽에 있는 누군가가 총구를 머리 위로 들고 사격 연습을 하고 있는 거라면? 바닥에 그려져 있던 동심원 그림이 사실은 생긴 것과 같이 장거리 저격 연습을 위한 표적이라면?

하지만 수미야는 그런 일은 절대 불가능하다고 잘라 말했다.

"아니, 안 된다고. 절대. 결단코. 여기가 지구인 줄 아나? 우리 지금 2분에 한 바퀴씩 돌고 있다고. 10초 뒤면 벌써 저쯤에 가 있어. 120초에 360도니까 10초면 30도야. 1초만 돼도 3도고. 무슨 말인지 알겠어?"

초록은 멍하게 수미야를 바라보다가 고개를 절레절레 저었다. 입도 살짝 벌어져 있었다.

"얼뜨기 자식. 총알이 휘어져서 날아간단 말이야."

수미야는 그렇게 말하며 초록이 서 있는 곳 맞은편 벤치로 가서 앉았다. 동심원이 그려져 있던 곳에서 멀리 떨어진 쪽 벤치였다.

우주섬 사비의 기묘한 탄도학

"총알이 휘어진다고?"

"궤적이 휘지, 총알이 휘냐? 야, 지구 애들은 언제 물리 포기하냐?"

초록은 물리 교과서를 펴자마자 이건 내 길이 아니라고 확신했던 기억을 떠올렸다. 수미야가 계속해서 말했다.

"여기 애들은 웬만큼 똑똑해도 포물선운동까지만 공부하면 '아, 나는 지나가는 멍청이 1에 불과하구나' 하고 포기해. 어? 그거 뭐지? 어? 나도 진짜 아무 기억도 안 나서 설명도 못 하겠는데, 사비 자전 방향으로 던질 때랑 반대 방향으로 던질 때랑 공이 다른 방식으로 날아간다는 거야. 말이 되냐? 전향력인가 뭔가, 애들 포기 안 하게 하려면 물리가 알아서 쉬워져야 하는 거 아니야? 우주가 애들한테 그러면 안 되지. 그런데 이 동네 물리는 에누리도 없어. 그래서 대부분 이해하는 건 포기하고 운동장에서 공 던져보는 실습이나 하고 말아. 정말로 미치는 게 뭔지 알아? 던져보면 공이 진짜로 다르게 날아간다? 자전 방향으로 던지면 공 끝이 빨리 가라앉고 반대 방향으로 던지면 공이 살짝 떠올라. 자유낙하하는 공은 자전 반대 방향으로 휘고, 분수대 물은 자전 방향으로 휘어져서 올라가다가 떨어질 때는 또 반대 방향으로 꺾이면서 흩날려. 그게 다가 아니야. 자전 방향과 반대 방향만 있는 게 아니니까, 옆으로 30도쯤 틀어서 던지면 계산이 더 복잡해지지. 어디서 어디로 던지는지에 따라서 계산하는 법이 다 다르다고. 국장 양반이 말한 게 그 포물선운동이야. 아주 짜증 나는 탄도학이지. 그러니까 저기서 여기로 총을 정확하게 쏘는 건 절대 못 해. 사비 토박이한테는 상식이야."

사실 초록은 그 설명도 이해가 안 됐다. 이해가 안 되는 게 정상이라는 말만 어렴풋이 알아들었다. 그래서 초록은 수미야의 말을 아예 못 들은 척하고, 원래 하려던 일에 열중했다.

우선 동심원 그림이 있던 곳 근처를 살폈다. 수미야는 그가 뭘 하는지 별로 신경 쓰지 않았다. 초록은 공터 여기저기를 샅샅이 훑으며 수미야가 앉아 있는 벤치 뒤쪽으로 갔다. 그림이 있던 곳에서부터 5미터쯤 떨어진 곳. 초록의 생각이 맞았다. 거기에도 그 흔적이 있었다. 무언가에 부딪혀 바닥이 깨진 흔적. 끝이 뾰족한 쇠꼬챙이에 파였거나, 아니면 총알에 맞은 자국 네 군데. 그중에는 무언가 박혀 있다가 제거된 자리도 있었다.

초록은 눈을 떼지 않고 수미야에게 물었다.

"저기 있잖아, 여기에 그 그림이 나타난 게 언제랬지?"

"7일 전. 왜?"

수미야가 건성으로 반문하며 벤치 뒤로 고개를 내밀었다.

그러더니 돌바닥이 깨진 자국을 발견하고는 그쪽을 뚫어지게 쳐다보았다. 순간 수미야의 눈이 커졌다가 작아졌다. 이번에는 간격이 겨우 5센티미터 정도밖에 안 되는 자국이었다.

"그쪽은 나보다 총알 자국 많이 봤을 거 아냐?" 초록이 물었다.

"봤지, 보면서 컸지. 봤는데, 말이 돼? 이거 그냥 거기 서서 바닥에 대고 쏜 거 아니야?"

"표적을 저기다 그려놓고 굳이 여기에?"

초록이 되묻자 수미야는 무언가 대답하려다 결국 그만두었다. 그러더니 한참이나 말이 없었다. 두 사람은 감히 위쪽을 올려다보지도 못했다. 작은 천하 어딘가에서 삐거덕거리는 소리가 들려왔다.

다음 날 출근해보니 웬일로 수미야가 들떠 있는 것 같았다. 주소국에서 유일하게 제대로 일하던 직원이 남들처럼 종일 딴생각에 잠겨 있었다. 퇴근 시간이 다가오자 수미야가 먼저 말을 걸었다.

"2주 전에 나타난 동심원 자리에 가볼 건데."

"같이 갈 거냐고? 물론이지."

초록은 옷을 챙겨 들고 사무실을 나섰다. 가방 같은 건 원래 안 가지고 다녔다. 수미야는 흥분을 참지 못하고 중간중간

초록을 돌아보며 말했다.

"정말로 사격 연습을 한 걸까? 표적에서 벗어나기는 했어도 빗나간 총알끼리 거의 비슷한 데 모여 있는 거 봤지? 어디서 쏜 거지? 어디서 쏴도 총알이 이상하게 날아갈 텐데. 총알 궤적 휘는 걸 계산 안 해도 그래. 맞은편 시가지에서 거기까지 거리가 1킬로미터가 넘을 텐데 오차가 겨우 5센티미터야. 문자 그대로 기계처럼 정확하게 쐈다는 소리지. 정말 대단한 게 뭔지 알아? 늘 같은 데를 쏘는 게 아니라 표적이 바뀌고 있다는 거야. 그때마다 궤적이 휘는 방식이 다를 텐데. 지금 정도면 기적이라고. 누굴까? 왜 그런 일을 하는 걸까?"

초록은 손거울을 꺼내 제 얼굴을 들여다보았다. 자신이 혹시 '그 표정'을 짓고 있는지 확인하기 위해서였다. 아니었다. 수미야는 그저 불가능하다고 알려진 묘기에 도전하는 미지의 존재에 순수하게 열광하고 있었다. 그런 건 절대 안 된다고 교과서에까지 나와 있어서 정말 그런 줄만 알았는데, 꼭 불가능하지만은 않다는 걸 보여주는 사람이 있었으니까. 어쩌면 수미야에게도 오래전에 접은 꿈 같은 게 있을지도 몰랐다. 사비에서 나고 자란 사람 대부분이 남의 꿈조차 대신 꿔주지 못하고 살고 있을지도 모른다.

'그런데 어째서 어떤 인간들은 저런 순수한 열망 같은 걸

갖게 되는 걸까?'

초록은 가장 최근에 발견한 길막로 그림에서는 탄착점으로 추정되는 흔적이 표적에 훨씬 가까이 있었다는 이야기를 꺼내지 않았다. 또한 사비 첩보계가 킬 스위치 없는 암살 지시로 시끌시끌하다는 사실도 수미야에게는 알리지 않았다. 당연한 일이었다. 그런 건 비밀스러운 두 번째 직업을 가진 사람의 일이니까.

수미야가 데려간 곳은 인기 없는 식당가의 보도 위였다. 2주 전에 동심원이 나타난 지점이었다. 그리 넓은 길은 아니지만, 지구에서처럼 뻔뻔하게 주차해놓은 차가 한 대도 없어서 실제 폭보다 훨씬 넓어 보였다. 수미야는 동그라미가 나타난 정확한 위치를 알지 못했다. 그래도 바닥이 팬 흔적 네 개는 어렵지 않게 찾을 수 있었다. 네 개의 흔적 모두가 단 10센티미터 반경 안에 모여 있었다.

"와, 진짜 미쳤다. 손바닥 안에 다 들어오네. 표적에서는 얼마나 벗어난 걸까?"

수미야가 땅에 손을 갖다 대며 작은 소리로 중얼거렸다. 이초록두 그렇게 생각했다.

'와, 미쳤다.'

수미야가 동심원 그림을 맨 처음 발견한 곳으로 발걸음을 옮기면서 초록은 속으로 다짐했다. 아직은 고모한테도 알리지 않을 거라고. 그 그림이 정확히 무슨 의미인지는 아직 누구도 단정할 수 없으므로.

2

친형 이름이 여지구인 경비과장 여화성의 말을 들어보면, 그 무렵 경찰은 스나이퍼 같은 건 절대 없을 거라 단정하는 분위기였다. 물론 그는 길바닥에 나타났다가 다음 날 사라지는 동심원의 존재 같은 건 까맣게 모르고 있었다.

"설명하기 복잡하지만, 동네가 좀 이상해서요. 물리학이 로컬 룰이라. 총알이 다 춤을 추면서 날아다니거든요. 이런 동네에서 저격이라는 걸 하려면 세 가지 중 하나는 해야죠. 총알이 엄청 빠르게 날아가는 총을 구해서 쏘거나, 복잡한 탄도를 다 계산해주는 인공지능 조준기를 쓰거나, 아니면 날아가면서 스스로 궤적을 바꾸는 총알을 쓰거나. 세 번째는 너무 첨단이고, 앞의 두 개도 밀매 조직 털면 어느 물건이 어디

로 흘러갔는지 다 나오는데, 주둔군 쪽에서 금지하는 항목이
라 사비에서는 유통이 안 되거든요. 총알 속도가 빠르다는 건
총알의 궤적이 휘기도 전에 표적에 적중할 정도로 빠르다는
소리니까 맞았을 때 위력도 어마어마할 거 아니에요. 파괴력
은 속력의 제곱에 비례하니까. 스페이스 콜로니라는 게 크기
는 좀 커 보여도 결국 실내여서, 너무 위력적인 무기를 쏴대면
우주선이 망가지잖아요. 아무 데나 땅 파고 들어가면 우주선
껍데기라. 귀족 나리들이 싫어하시지, 아무래도. 아무리 밀매
조직이어도 그것까지는 안 들여왔을 거니까, 셋 다 사실상 불
가능하다고 봐야죠."

"평범한 저격 총으로 머리 위쪽을 보고 쏘는 방법도 있지
않나요? 저 반대편에서 이쪽으로 휙 날아오게 쏘면."

초록이 슬쩍 떠봤지만, 경비과장은 듣자마자 말도 안 된다
는 듯 손을 크게 휘저었다.

"에이, 그건 아니죠. 그런 건 듣도 보도 못 했어요. 옛날에
도시 반대편에서 허공을 가로질러 저격을 한 일이 있긴 했는
데, 그 시대에는 세 명 잡으려고 총알을 2천 발씩 쏘고 그랬어
요. 그래놓고 저격이라고 불렀어요, 또. 첫 발 정도는 저격을
시도했는데 쏴도 절대 안 맞으니까 성질대로 벌집을 만들어
놨겠죠. 그런 식이에요. 많이 쏘면 되는데 뭘 굳이 정확하게

쏘겠어요? 그런 기술은 있었다는 소리도 못 들어봤어요. 지구나 다른 콜로니에서 온 사람이 할 수 있을 리도 없고. 물리학이 로컬 룰이니까."

전문가의 의견도 수미야의 생각과 크게 다르지 않은 모양이었다. 경비과장이 웃음기를 걷어낸 얼굴로 덧붙였다.

"전에도 말했잖아요. 요즘은 밤에 총 쏴대면 신고 들어온다고. 새 장비 들여와도 실제로 쏴보고 영점조준을 해야 하는데 그걸 들키지 않고 할 데가 없죠. 지구에서야 산속에 몰래 들어가서 쏘고 오면 되지만 여기는 산이 없어서."

"소음기를 달면요?"

"아, 그거. 지구 사람들은 그거 참 좋아하더라. 소음기 써도 소리 나요. 탄착점에서는 안 들려도 쏘는 쪽 근처에서는 조용하지 않아요. 전에 뭐라 그랬더라? 문 두드리는 소리? 그 정도는 나니까 사람 풀어서 마음먹고 추적하면 잡아내지. 그런 소리가 계속 들리면 누구든 수상하게 생각하는 사람이 나올 거라."

서유관에서 사람이 찾아왔다. 제시한 신분증을 보니 직급이 '奉事 從八品(봉사 종팔품)'이었다. 고모의 직함이 영사領事인 것을 보고 왜 뜬금없이 외교관 직급을 쓰는지 의아했는데, 심부름꾼의 신분증을 보니 관상감식 관직명인 듯했다. 어디서 읽은 바로는 관상감 수장인 영사는 영의정이 당연직으로 겸직하는 자리였으니, 거기가 이강녕 여사의 지향점인 셈이었다. 서운관 봉사는 서운관으로 들어오라는 고모의 밀명을 전하고 급히 사라졌다.

초록이 집무실로 들어서니 고모는 이미 나갈 준비를 마치고 그를 기다리고 있었다.

"왔니? 바로 나서자. 고객께서 부르셨다. 내 사업이 어떻게 돌아가는지 너도 구경이나 시켜주려고 오라고 했다."

고모가 서둘러 초록을 문밖으로 이끌며 말했다.

"가서 뭘 하면 되는데요?"

"말을 아끼고 뒤에 가만히 서 있으면 된다. 어차피 네가 끼어들 자리는 아니다."

고모 눈에는 조금 다르게 보이는 듯했지만, '최초의 오목눈이' 장고요는 기품이 넘치는 사람이었다. 원래 직업이 우주 공항 국경관리소 경비팀장이었으며, 일명 '사비의 수문장' '사비의 사천왕'이라 불리던 무예의 달인이었다. 족보 있는 무예는 아니고 그저 무중력 공간에서 사람을 제압하는 실전 기술 같은 거였지만, 보통 사람은 자세 잡느라 진을 다 빼는 우주 공항 면세 구역에서 장고요는 말 그대로 날아다니다시피 한 모양이었다. 상대해본 사람들의 증언으로는 전쟁의 여신처럼 압도적이라고도 했는데, 무기 밀매업자가 유난히 많은 사비에서는 장고요에게 직접 얻어터져본 사람도 적지 않다보니 그 중에는 장고요를 '마하칼리'로 부르며 두려워하는 사람도 있었다. 마하칼리란 시바의 아내인 칼리 신을 높여 부르는 말이었다.

회전하면서 인공중력을 만들어내는 스페이스 콜로니에 정박하려는 우주선은, 우선 콜로니의 회전축 쪽으로 날아가서 콜로니와 똑같은 속도로 자전해야 한다. 그런 다음 서서히 콜로니에 접근해서 도킹하는 식으로 정박한다. 돌아가는 팽이에 내려앉으려면 팽이의 회전축으로 다가가야 하는 것과 같은 이치다. 그러므로 모든 우주 공항은 도시의 회전축에 설치되는데, 어느 콜로니든 이 지점은 무중력 공간이다. 인공중력은 회전축으로부터의 거리, 즉 반지름에 비례하는데 여기서는 반지름이 0에 가깝기 때문이다. 무슨 소리인지는 모르지만 그렇다고 한다. 아무튼 바로 이 영역이 사비의 관문이자 장고요의 주 무대였다.

그러나 우주 공항 전체가 문을 닫다시피 한 시기에 땅으로 내려온 장고요는, 무중력 공간에서 보여준 경이로운 움직임을 다시는 재현하지 못했다. 바로 그 틈을 노리고 원한을 품은 '조합'의 무기 밀매업자 무리가 장고요를 습격했다. 그날 장고요가 중력이 있는 땅 위에서도 다섯 명 정도는 때려잡을 수 있다는 사실이 밝혀졌다. 장고요도 처음 알았고 얻어터진 '조합원'들도 확실히 깨달았다. 자신의 강인함을 자각한 장고요는 그날 이후 더욱 단단해졌다. 최초의 각성한 오목눈이, 일명 '오목눈이 프라임'의 시작이었다.

장고요의 저택은 빛이 잘 들고 고요했다. 중세 유럽식 요새의 석재 방어탑 같은 건물이었는데, 사비 시내에는 그런 시대착오적인 외형의 건물이 여러 군데 세워져 있었다. 돌벽으로 연결하면 성이 되어버릴 듯한 5층 높이의 둥그런 방어탑. 칙칙한 사비 시내에서도 제일 못생긴 건물이었지만 암흑가의 거물들은 꼭 그런 건물에 살았다. 정말로 그 방어 기능 때문이었을 것이다. 불과 몇 년 전까지만 해도 밤이면 총알이 수백 발씩 날아들던 곳이었으니까.

하지만 집 안 풍경은 그다지 살벌해 보이지 않았다. 내부 공간이 꽤 넓었고, 엘리베이터와 계단은 외벽에 붙어 있었다. 층 구분은 되어 있지만 가운데가 천장까지 뻥 뚫린 구조였다. 그래서 1층까지 빛이 잘 들었다. 우중충한 외관과는 대조적으로 밝은 톤의 실크 벽지가 안쪽 벽을 채웠고, 어디에나 있지만 왜 있는지 알 수 없는 우산꽂이에는 밝은 단색 우산이

우주섬 사비의 기묘한 탄도학

다섯 개쯤 꽂혀 있었다. 1층은 공터에 가까웠지만 2층부터는 구하기 어렵다는 목제 가구가 잔뜩 놓여 있어서 아늑하고 다정한 느낌마저 들었다. 3층 한쪽 벽은 책장으로 가득했는데 심지어 진짜 책이 빼곡히 꽂혀 있기까지 했다. 가로수 말고는 나무를 키우지 않는 우주 도시에서 목제 가구와 종이책은 대단한 사치품으로 통했다.

초록에게 가장 인상적인 것은 1층 정원 한가운데에 서 있는 나무였다. 가지가 3층 높이까지 뻗어 있는 싱싱한 진짜 나무! 그 아래에 서 있는 장고요는 키가 190센티미터가 넘었다. 손님들더러 자신을 올려다보게 하려고 일부러 나무 밑에 서 있는 것 같았다. 다른 가솔들은 모두 멀찍이 떨어져 서 있었다.

최초의 오목눈이는 우락부락하지 않았다. 대신 모델처럼 팔다리가 길쭉해서 눈앞에서 보니 비현실적인 느낌이 한층 돋보였다. 찰랑찰랑한 재질의 바지 정장은 사비보다 훨씬 부유하고 낭만적인 도시에서 온 물건이 분명했는데, '내가 큰 게 아니라 당신들이 작은 거지'라고 말하듯 자연스러운 모습이었다. 그런데도 장고요의 첫인상에는 분명 강인함이 깃들어 있었다. 누구라도 알아볼 수 있는 내면의 힘이었다.

"영사, 여기는 처음이던가?"

장고요가 왕족 같은 말투로 고모를 맞이했다. 연기 수업을 들으면 자연스레 익히게 되리라 초록의 부모가 기대했던 바로 그 말투였다. 고모가 위를 올려다보며 대답했다.

"다른 주인이 살 때 와본 적 있습니다. 지금이 한결 아늑하군요. 그때는 벽에 도끼만 잔뜩 걸려 있었습니다. 일부러 피를 묻혀둔 것도 있었지요."

고모의 말투에는 약간의 경멸이 담겨 있었지만, 정작 고모는 눈치채지 못하는 듯했다. 화성과 사비의 고객들이 서운관 영사에게 기대하는 게 그런 말투라면 굳이 고칠 필요는 없었다.

"흉흉한 소문이 돌더군. 내 올해 운세가 험하다고 했던가?"

"구름이 끼는 시기이지요."

"떠도는 이야기로는 구름 속에 스나이퍼가 숨어 있다던데. 그게 무서워서 영사를 여기로 부른 건 아니지만."

"저도 그리 생각하지 않습니다. 그래도 조심하시는 것이 좋습니다. 철갑은 강인하지만, 총알은 그 철갑을 뚫습니다."

"나도 알고 있어. 내가 초인이라고 생각하지는 않아. 다만 얼마나 조심해야 하는지는 모르겠어. 저격이라니, 너무 맥락 없지 않아? 정말로 그럴 가능성이 있다고 보나?"

"그게 아니어도 올해는 몸을 아끼시는 게 맞습니다. 중요한 일을 하고 계시니까요. 영도자가 사라지면 오목눈이들이 뿔뿔이 흩어집니다."

"그래, 오목눈이들이 흩어지겠지. 그보다 방금 말한 그 중요한 일 말인데, 사실 오늘 용건은 그거야. 날을 하나 받아주면 좋겠어."

"어떤 걸음을 하시는지요?"

"위원회 소집해야지. 계속 미룰 수는 없거든."

고모는 장고요의 눈을 말없이 바라보았다. 무언의 거부였다. 묘한 긴장감이 흐르고, 장고요가 나긋나긋한 목소리로 물었다.

"왜? 거기가 제일 위험해?"

"세력균형위원회가 위험한 게 아니라 그걸 주재하시니까 계속 위험해지는 겁니다."

"그럼 부적도 하나 써주든지. 그 이야기는 길게 하고 싶지 않으니, 어서 날이나 잡아봐."

"알겠습니다."

고모의 대답에는 한숨이 섞여 있었다. 서운관은 부적을 쓰지 않지만, 굳이 설명해서 바로잡을 문제는 아닌 모양이었다.

서운관으로 돌아가는 차 안에서 고모가 이초록에게 물었다. 그러고 보니 차를 타고 대로를 지나는 건 그날이 처음이었다.

"무엇을 보았니?"

"1층에서 위를 올려다보니까 널찍한 천창 덕분에 전망이 끝내주더군요. 그런데 솔직히 말하면 우물 안에서 하늘을 올려다보는 것 같았어요."

"좋은 지적이다. 그게 이 동네 거물들의 운명을 바꾸곤 했지. 또?"

"오목눈이 보스는 운세를 볼 필요가 없는 사람이던걸요. 왜 서운관 고객이 된 거죠?"

"그건 말이다, 우리가 팔 수 있는 게 운세만은 아니라는 걸 알아서란다. 정보를 내놓으라는 게지. 우물에서 숭늉 찾는 격인데, 실은 우리가 숭늉 맛집이잖니. 사람이 너무 영민해."

"그래서 마음에 드세요?"

"아니. 그게 저 사람 명을 재촉할 거다. 명이 너무 짧은 새는 오래 거두기 어려워."

차로 가기에는 짧은 거리여서 그 이상 대화는 이어지지 않았다. 초록은 서운관 앞에서 내리고 나서야 갑자기 궁금한 것이 떠올랐다.

"고모, 그 무슨 위원회 말인데요. 그게 뭔가요?"

고모가 대답하려는 듯 입을 달싹거리다가 손짓으로 다시

차에 타라는 시늉을 했다.

세력균형위원회는 사비를 지배하는 다섯 파벌의 정상회담 같은 것이었다. 시의회가 따로 있고 시장도 있었지만, 그들은 사비 시 전체를 대표한 적이 없었다. 정말로 사비 전체를 관장하는 책임자들이 모인 건 세력균형위원회가 처음이었다.

그때까지 그런 모임이 만들어지지 못한 건 다섯 파벌의 피비린내 나는 역사 때문이었다. 사비 현대사는 펜이 아닌 총으로 쓴 역사에 가까웠다. 사비에는 '암흑기'라는 시기가 있었는데, 그다음 시기는 '칠흑기'라고 불렸다. 그다음은 '광란기'였다. 서로 하도 싸워서 어떤 파벌들은 불구대천의 원수가 되었다. 주요 세력이 한자리에 모여 사비의 미래를 논의할 일은 절대로 없을 것처럼 보였다.

"그러다 최초의 오목눈이가 세력균형위원회를 제안했단다. 오목눈이들은 신흥세력이라 원수가 별로 없었거든. 의견을 모을 필요는 있었고."

"모였나요?"

"절대 안 모였지. 그때 장고요가 묘안을 냈어. 모임 장소를 정해서 통보한 거지."

또 금방 차에서 내렸다. 이번에는 고모도 함께였다. 지금은 폐업하고 연립주택 겸 상가로 쓰이지만, 한때는 공연장으로 쓰던 커다란 건물이었다. 가운데 널찍널찍한 공간이 들어차 있던 공용 건물을 사유재산으로 잘게 쪼개는 개조 공사를 하다보니, 몇몇 방은 창고로 쓰기에도 어정쩡한 공간이 되고 말았다. 장고요가 제안한 장소도 그중 하나였다.

방 앞에는 무장한 사람 셋이 지키고 서 있었다. 고모가 손짓하고 이초록이 주소국장 신분증을 내밀자 셋 중 한 명이 초록의 얼굴을 슬쩍 보고는 잠겨 있던 출입문을 열어주었다.

"들어가시면 안 되고, 입구에 서서 보시기만 해야 됩니다."

그가 말했다. 고모는 알았으니 귀찮게 하지 말라는 의미로 미소를 지어 보였다. 그러더니 순식간에 미소를 지우고 정색한 얼굴로 초록에게 말했다.

"기둥의회라고 부른단다."

"기둥의회요?"

그곳은 많아야 스무 명 정도가 들어갈 수 있는 작은 회의실 크기의 창문 없는 방이었다. 지름이 4미터쯤 되는 커다란 기둥이 방 한가운데를 관통하고 있어서 기둥 말고 다른 건 눈에 들어오지도 않았다. 분명 훨씬 큰 규모의 홀을 지탱하던 여러 기둥 중 하나였을 것이다. 뒤에 앉으면 영락없이 시야 제한석이 되고 마는 커다란 기둥. 시야를 압도하는 거대한 기둥 때문에 보고만 있어도 답답해지는 방이었다. 정말 창고로 쓰

우주섬 사비의 기묘한 탄도학

기에도 애매한 공간이었다.

그 기둥을 둘러싸고 원형으로 테이블이 만들어져 있었다. 목재로 된 고급 탁자였다. 묵직한 의자도 몇 개가 놓여 있었는데 기둥에 가려서 전부 몇 개인지 셀 수는 없었다.

"이 방 사진을 찍어서 보냈더니 보스들이 다 모였다. 어째서인지 알겠니?"

"기둥에 붙어 있는 테이블에 앉으면 반대편에 있는 사람이 전혀 안 보이겠군요."

고모가 고개를 끄덕였다.

"자리에 앉은 다섯 명 중 두 명이 안 보이지. 배치만 잘하면 꼴 보기 싫은 인간을 볼 필요가 없다는 뜻이다. 천재적인 발상 아니니? 지금은 개조해서 문도 다섯 개야. 들어오는 순간부터 나가는 순간까지 얼굴을 마주칠 일도, 심지어 말을 섞을 필요도 없었지. 각자 바로 옆에 앉은 두 사람하고만 대화하는데, 그렇게 이야기가 한 바퀴 돌면 모두의 뜻이 뭔지 알 수 있다. 시간이 오래 걸리고 모든 일에 의견이 수렴되는 것도 아니었지만 어떤 사안에 대해서는 합의가 이루어지기도 하더라는 거야."

"여기가 진짜 의회군요."

"그렇지! 영민하구나. 그래서 여기를 기둥의회라고 부른단다. 과장 없이 솔직한 작명이지. 근사한 이름 같은 건 아무도 안 붙였어. 다들 그런 인간들이라. 모임의 원래 이름은 세력균형위원회였다. 주로 다섯 파벌의 경계를 정하는 일을 했으니까. 그전에는 길거리 패싸움이나 총질로 해결하던 일을 말로 정하게 된 거지.”

그래서 광란기 다음은 갑자기 태평성대가 되었다. 물론 합의의 구체적인 내용은 교과서에 실을 만한 게 못 됐다. 폭력집단 소굴답게 너무 솔직하고 탐욕스럽고 적나라한 탓이었다. 붕어빵 노점이나 태권도장 봉고차 기사에게서 뜯어낸 보호비를 어떻게 분배하느냐에 관한 논쟁처럼. 그래도 아무튼 일종의 ‘일반의지’가 만들어졌다는 사실은 분명했다. 좀 비루해서 그렇지 일반의지가 아닌 건 아니었다. 다소 괴상한 과정이기는 했지만, 어쨌든 모두가 동의하는 공동의 원칙 같은 게 튀어나오는 데였으니까.

고모가 뒤돌아서며 말했다.

“이건 위험한 사상이고 과정이야. 꼭 친화성주의나 콜로니독립주의 같은 걸 선언해야 그때부터 위험해지는 게 아니란다. 어떤 시기에는 무언가를 선언할 수 있다는 것 자체가 문제가 되지. 어느 동네 사람들이 서로 싸우지 않고 사이좋게 지내기 시작했다는 소문은 항상 거기에 속하지 않은 다른 동네 사람을 불안하게 만든다. 우주 건너에서 들려오는 소문이라고 덜 불온한 것도 아니고."

방을 지키는 사람들에게서 충분히 멀어진 뒤에 고모가 낮은 소리로 덧붙였다.

"그래서 암살 명령이 떨어진 게지. 우리 고객이 사라지면 여기는 다시 칠흑기쯤으로 돌아갈 테니까. 그걸 바랄 사람은 많다. 얼마나 많은지 알면 놀랄 게다. 그게 오목눈이의 명을 재촉해."

초록은 고모가 자신에게 필요 이상으로 많은 이야기를 하는 경향이 있다고 생각했다. 많이 듣는다고 꼭 사는 데 보탬이 되는 건 아니었다. 때로는 그것 때문에 인생이 꼬이기도 한다. 사실은 늘 그랬던 것도 같았다. 평생 남의 이야기를 쓸데없이 자세히 듣고 살아온 특수 능력자의 감각이었다.

"윤수정을 부르자."

수미야가 눈을 반짝였다. 유일하게 열심히 일하던 직원이 어쩌다 종일 딴생각만 하는 월급도둑이 되어버렸는지 신기했다. 다른 식충이들도 저마다 한때는 성실한 공무원이었다가 이런 과정을 거쳐 밥버러지가 되었을지도 모른다. 어쨌든 수미야마저 취미 생활에 몰두하는 바람에 사무실 분위기는 한층 좋아졌다.

"윤수정이 누군데?"

초록이 물었다. 윤수정은 동네 인공지능 주민의 이름이었다. 수미야는 그 설명을 건너뛰고 자기 말만 이어갔다.

"들어봐. 그 동심원 말이야. 우연히 발견될 때까지 기다릴 수만은 없잖아. 사실은 매일매일 생기고 있는 걸지도 몰라. 내가 발견한 건 다 길가에 있는 거였잖아. 그럴 수밖에 없는 게, 건물 옥상 같은 데 있는 건 볼 수가 없었던 거지. 개방된 옥상이나, 건물 2층 공터라고 해도 내 눈에 띌 일은 없으니까. 실은 그런 데 표적을 그려놓고 매일매일 연습하고 있는 건 아닐까?"

"그런가?"

"아무튼 일주일에 한 번은 아니라는 소리야."

"옥상까지 다 조사하고 다니게?" 이초록이 물었다.

"그러고 싶지만, 우리 둘로는 역부족이겠지."

"나는 안 할 건데."

"대신 시가지 전체를 위에서 훑을 수는 있지. 옥상이라고 해봐야 반대쪽에서 보면 다 보이니까. 문제는 이게 엄청나게 방대하다는 건데."

"숨은그림찾기겠지."

"기계로 하면 어떨까? 인공지능을 빌리는 거야."

"그런 어마어마한 걸 빌릴 수 있어?"

"수정이라고, 할 일 없이 동네 돌아다니는 인공지능 탑재 로봇 있어. 걔를 데려다가 소일거리를 주는 거야. 그럼 빨리 찾지 않을까?"

윤수정은 별 기능이 없는 인공지능 로봇이었다. 사람 같은 생김새에 평범한 사람보다 키가 조금 컸는데, 산업용도 아니고 경비용도 아니고 그냥 종일 동네를 쏘다니는 게 일이었다.

그도 그럴 것이 원래 윤수정은 스페이스 콜로니 체험용 로봇이었다. 지구나 화성 같은 다른 천체 거주자가 사비에 오지 않고도 사비에 여행 온 것처럼 도시 여기저기를 돌아다니고 구경할 수 있도록 만든 원격 조종 로봇. 그런데 암흑기며 광란기 같은 무서운 시절이 길어지자 점차 인기가 없어졌다. 사비 말고도 우주 도시는 많으니 당연한 일이기도 했다. 싸움 구경이라도 시켜주면 수요가 있었을 텐데, 그럴 때는 또 사비 시청에서 접속을 끊어버렸다.

"우리도 부끄러운 줄은 알거든?"

그러다 인대하는 사람이 없어진 틈에 화성 주민 하나가 로봇을 장기 임대를 해버렸는데, 그마저도 접속이 뜸해져서 최근에는 거의 방치된 것이나 다름없었다. 특이한 점은, 이용자가 접속하지 않은 동안에는 인공지능의 판단에 따라 로봇이 알아서 도시 여기저기를 돌아다니게 되어 있다는 것이었다. 마치 로봇 청소기처럼. 그러다 전력이 소진되면 시청에 있는 충전 지점에 와서 가만히 앉아 있다가 다시 어디론가 가버리곤 하는 모양이었다.

"화성에 산다는 이용자 이름이 윤결정이거든. 화성 출생이고, 신체 특성상 우주여행이 불가능해서 로봇을 구매하다시피 했대. 돈을 엄청 내고 특별 시민권도 샀어. 그깟 시민권 그보다 덜 내도 열 개는 줬을 텐데, 사기당했지. 그 친구 아빠가 화성 자연사 연구팀 소속인데 이 친구가 태어나기도 전에 사고로 죽었거든, 탐사 임무 중에. 사고 나기 전에 통화를 하면서 애가 태어나면 이름을 크리스탈로 하자고 했나 봐. '수정 어때? 크리스탈이라는 뜻이야!' 뭐 그랬겠지? 엄마는 한국말을 잘 몰라서 앞부분은 기억 못 하고 뒷부분만 기억했는데, 크리스탈을 사전에서 찾아보니 '결정'이었다나. 그래서 애 이름이 윤결정이 됐대."

"어이쿠, 저런!"

"완전 '어이쿠'지. 하여튼 화성 광물학자들. 윤결정이 크면서 그 이야기를 듣고 다음 생에는 꼭 수정이라는 진짜 이름으로 살아야겠다고 다짐했대. 그러다가 마침내 사비에서 살아

우주섬 사비의 기묘한 탄도학

보게 된 거지."

"여기는 아주 내세구나."

"뭐 현지인으로서는 듣기 좀 그렇기는 해. 아무튼 로봇 청소기 모드일 때 이름이 윤수정이고 접속했을 때 이름은 윤결정이야. 그 친구 시민권이 그렇게 생겨먹었어. 그 특별 시민권이 아주 엄청난 거여서, 나보다 두 배쯤 존귀한 시민이시지. 뭐, 요즘은 끽해야 일주일에 30분 정도만 윤결정이니까 남는 시간에는 윤수정이랑 놀아줘도 될 거야."

왠지 어린아이 사탕 뺏어 먹는 기분이었지만, 다행히 윤수정은 시 당국의 횡포로부터 자신을 방어할 수 있을 만큼 충분히 명민한 인격체였다. 수미야가 로봇 청소기에 비유해서 그렇지 실상은 멀쩡한 인공지능이었다.

"그래서 지금 나한테 언니 취미 생활이나 거들어달라는 말이에요? 와, 진짜 살다 살다. 그래서, 어? 어떻게 하면 되는데요?"

수미야는 헤헤 웃으며 쌍안경을 내밀었다.

"수정이 눈에 줌 기능 있던가? 없으면 이거 써."

"허, 내가 이깟 수동식 장비로? 무슨 갈릴레이 시절 물건을 가지고. 됐어요, 놓고 가보세요. 찾으면 전화하면 되죠?"

"부탁해. 보면 바로 알려줘."

초록이 옆에서 그 광경을 지켜보며 수미야를 따라 헤헤 웃었다.

기대와 달리 윤수정은 이틀이 지나도록 연락이 없었다. 수미야가 윤수정의 소식을 전하기 위해 국장실로 달려온 것은 사흘째 오후였다.

"국장 양반, 수정이가 찾았다는데."

초록은 방에 놀러 와 있던 경비과장이 눈치채지 못하도록 수미야를 얼른 문밖으로 내보냈다.

"우리 국장님 무슨 바쁜 일이 있으신가 봅니다."

경비과장이 그렇게 말하며 자리에서 일어나려 하자 초록은 그를 다시 자리에 앉히고 30분 정도를 더 노닥거렸다. 마침내 여화성이 퇴근 준비를 하러 사라지자 이초록은 서둘러 자기 자리로 돌아갔다. 책상 뒤 전자 보드에 수미야의 손글씨가 남아 있었다.

망원경로 11

수미야식 작명은 아니었다. 초록은 구석에 세워진 지도 통에 들어가 망원경로의 위치를 확인한 후 서둘러 그쪽으로 달려 나갔다. 해가 진 직후에 근처에 도착하니 수미야와 로봇이 모퉁이 뒤에 몸을 숨기고 고개를 내밀어 공터 쪽을 내다보고 있었다.

"왜 이렇게 늦어?"

수미야가 물었다.

"경비과장이 안 가잖아."

"좀 들으면 안 돼? 진짜 경찰도 아니고."

"그 인간 뼛속부터 탐관오리라 관심 가지면 귀찮아져. 괜히 와서 행패 부리면 어쩌려고. 그런데 그림은 어떻게 된 거야? 저기야? 여기 숨어서 뭐 하는데?"

윤수정이 내민 쌍안경으로 내다보니 공터 한쪽 바닥에 동심원이 그려져 있었다. 공터 한가운데에는 작은 천체망원경 모양의 조형물이 있었고 그 위는 건물로 덮여 있었다. 옆으로 길쭉한 6층짜리 건물이었는데, 1층부터 4층까지는 가운데가 비어 있어서 커다란 성문 같은 모양을 하고 있었다. 아치 형태는 아니어서 개선문이나 독립문처럼 보이지는 않았다.

수미야가 상황을 설명했다.

"수정이가 열심히 찾아다녔는데 이틀 동안은 하나도 없었대. 그러다 아까 오후에 처음 발견했다는데, 왜 그랬는지 알 것 같지 않아?"

"바로 위에서 보면 안 보이는 위치군."

"그렇지. 위가 덮여 있으니까. 이건 저 반대쪽 끝에서 발견한 거래. 비스듬히 보니까 각도가 나와서 발견한 거지. 지난

이틀 동안에도 이런 데를 골라서 표적을 그렸을지도 몰라."

"저기, 그러니까 그 말은, 그 말이지?"

이초록이 눈을 크게 뜨고 수미야의 얼굴을 바라보았다. 수미야가 대답했다.

"표적을 안 보고 쏘고 있다는 말이지. 일부러 휘어져 들어가서 안 보이는 데 있는 표적을 맞히려고. 그래서 내가 지금 여기 숨어서 무슨 일이 일어나나 보고 있는 거야. 진짜로 그런 일이 일어나는지."

윤수정은 잠시도 눈을 떼지 않고 공터 쪽을 지켜보았다. 인공지능 특별 시민에게 잘 어울리는 역할이었다. 잠복은 생각보다 길어졌다. 2시간이 지나자 주소국 공무원 두 사람은 멀리 떨어진 벤치를 하나씩 차지하고 앉아, 잠복 임무를 수행 중인 특별 시민을 구경했다. 그곳 또한 표적이 그려진 공터처럼 널찍한 공간이어서 반대편 시가지에서는 보이지 않는 위치였다. 윤수정이 무언가 불합리한 일이 벌어지고 있다는 사실을 깨닫고 수미야에게 말했다.

"언니, 지금 뭔가 이상한 상황 같은데요. 나 이거 왜 하고 있는 거지? 저 집에 가도 돼요?"

"안 돼. 이건 너의 권리이자 의무야."

"의무는 아닌 것 같고, 권리 부분은 포기하려고요."

"이건 포기할 수 없는 권리야. 왜냐하면 재미있기 때문이지. 수정이 너는 사비 체험 로봇이 재미있는 걸 포기해서 되겠니? 이건 천부인권 같은 거라고."

"쳇, 나는 인간도 아니고 여기는 하늘도 없는데."

다섯 시간이 넘어가자 수미야가 윤수정에게 진짜 아무 일도 안 일어난 게 맞는지 물었다. 수미야는 몸의 일부가 벤치에 녹아 들어간 듯 편안한 자세였고, 이초록은 서핑 보드에 올라탄 듯 벤치에 엎드려 팔을 젓고 있었다.

"아무 일도 안······. 엇, 방금 뭐가 떨어졌다."

초록과 수미야는 몸을 굴려 벤치에서 내려온 다음 윤수정이 있는 모퉁이로 쪼르르 달려갔다. 수미야가 먼저 로봇의 손에 들려 있던 쌍안경을 빼앗았다. 잠시 후에 수미야의 입에서 짧은 탄성이 새어 나왔다. 공터 쪽에서 무언가 탕 하고 부딪히는 소리가 들려왔다. 이초록이 수미야의 망원경을 뺏다시피 넘겨받았다. 빼앗기기 싫은지 수미야의 손에 힘이 들어가 있었다.

초록은 쌍안경을 눈에 대고 마치 스나이퍼처럼 호흡을 멈췄다. 그리고 눈을 똑바로 뜬 채 표적을 응시했다. 총알의 흔적은 늘 네 군데였다. 그러니 곧 두 발이 더 날아올 것이다. 괜히 심장이 두근거렸다. 시간이 조금 느려진 것 같았다. 비현실적으로 길어진 10초가 지나갔다. 마침내 이초록의 시야에도 그 광경이 또렷이 포착되었다. 무언가가 날아와 강하게 내려 꽂힌 듯, 돌바닥이 깨어져 파편이 튕겨 나가는 장면이었다.

초록은 다시 망원경을 뺏겼다. 이번에는 맨눈으로 동심원 그림을 바라보았다. 거의 느껴지지 않지만 이 작은 세계는 꽤 빠르게 돌고 있고, 표적 바로 위에는 건물이 굳건하게 가로놓여 있었다. 물론 건물 위에는 아무도 없었다. 회전하는 세계는 로컬 물리학을 만들고, 그 안을 날아가는 총알은 마탄魔彈이 되기 일쑤였다. 세 번째 총알로부터 15초 뒤, 건너편 어딘가에서 춤을 추며 날아온 네 번째 총알이 마탄이 되어 표적을 때렸다. 작은 메아리가 울렸지만, 인적이 전혀 없어서 세 사람 말고는 그 소리를 들을 사람이 아무도 없었다.

아무도 소리를 지르지 않았고, 아무도 숨소리를 크게 내지 못하고 있었다. 다만 심장이 밖으로 튀어나오기라도 한 듯 거리 전체가 두근거리는 착각이 들었다.

"끝난 거겠지?"

이초록이 표적 쪽으로 다가가려는데 수미야가 뒤에서 붙잡았다.

"잠깐. 아직 보고 있을 거야. 지금 나가면 들켜."

그 자리에서 10분쯤 기다린 뒤, 두 사람과 로봇 한 대는 망원경 조형물이 있는 건물 아래로 뛰어 들어갔다. 표적은 늘 보던 것과 똑같았다. 지름이 50센티미터 정도 되는 흰색과 빨간색으로 된 동심원. 원은 꽤 반듯했고 동심원의 간격도 일정했다. 하지만 손으로 빚은 도자기처럼 완전한 원은 아니었다. 그안에 네 개의 총알 자국이 다 들어가 있었다. 맨 가운데 지름 12.5센티미터짜리 흰 원은 아니고, 세 번째와 네 번째 동그라미였지만, 탄착점이 모여 있는 곳만 보면 지름 10센티미터 원안에 쏙 들어갈 만큼 촘촘했다.

"숨자, 건들지 말고. 이거 처리하러 올 거야."

넋 놓고 보고 있던 수미야가 먼저 정신을 차리고 말했다. 셋은 황급히 자리를 떠났다. 마법 탄환의 주인이 나타날 시간이었다.

3

한먼지의 시대에는 어디서나 느린 곡이 흘러나오고 있었다. 반면 한정림의 시대에는, 어서 듣고 죽으러 가기 바쁜 사람들의 세상이기나 한 것처럼, 음악조차 온통 빠른 곡 천지였다.

한먼지의 모친은 한정림이었다. 악당이고 가명인데, 본명은 한먼지도 모른다. 사비에 오면서 이름을 정림으로 바꾼 걸 보면 오래 머물 생각은 아니었던 게 분명했다. 무슨 정림사지 5층 석탑도 아니고.

"아니, 그러니까 사비의 요즘 이름이 부여거든. 지구에서 말이야. 부여에 가면 정림사지 5층 석탑이 있는데……."

한정림은 술에 취하면 한 이야기를 또 하고 또 하는 버릇이 있었다. 그게 하필 그 이야기였다. 술에 취해도 절대 하지 않는 이야기 속에서, 한정림은 아마도 용서받기 어려운 범법 행위를 한 번 이상 저질렀을 것이다. 한정림은 사리사욕을 좇는 데 거리낌이 없는 인간이었는데, 한정림이 속한 조직은 그걸 용납하지 않는 기관이었을 게 틀림없다. 지구 스타일의 경찰이거나, 역시 지구에만 있다는 멀쩡한 군대였거나. 한정림은 분명 한먼지가 늘 보아온 대로 행동했을 것이고, 그래서 지구에서 쫓겨났을 것이다. 화성에도 못 가고 사비 같은 데에 숨어 들어온 걸 보면 사소한 잘못은 아니라는 것까지도 충분히 짐작할 수 있다. 더 자세한 건 딱히 알고 싶지 않다. 혈육이어서가 아니라, 밥맛이 떨어질 테니까.

맞지도 않는 기관이 맞지도 않는 인간을 발탁해 데리고 있었던 건 십중팔구 그놈의 손재주 때문일 것이다. 딱 한 발만 장전된 총을 들고 다니면서, 불안해하지도 않고 깔끔하게 시킨 일을 해치우고 사라지는 재주.

"어차피 두 발은 못 쏜다. 한 발 쏘면 공격당한 쪽은 바로 추적 들어가는 거야. 쏘고 나면 호흡 가다듬고 바로 접어. 미리 정해둔 경로로 재빨리 빠져나가서 사라지는 거야."

호흡을 가다듬는 건 쏘는 동작과 접는 동삭을 분리하기 위해서였다. 한정림은 총 쏘는 법보다 도망치는 법을 먼저 가르쳤다. 그 절차가 지나치게 체계적이어서 한먼지는 모친이 일한 곳이 멀쩡한 기관이었을 거라 확신했다.

"스나이퍼가 살아서 집으로 돌아가는 게 임무의 성패보다 중요하다. 알겠어?"

한먼지는 엄마가 그런 말을 할 때마다 낯설다고 생각했다. 사비에서 나고 자란 평범한 십대가 보기에도, 한정림의 딸인 한먼지가 듣기에도, 그건 꽤 독특한 철학이었다.

'그래도 총은 내가 더 잘 쏠걸. 사비에서는.'

커다란 가죽 가방에 조심스럽게 총을 집어넣으며 한먼지는 생각했다. 번듯한 기관에 받아들여진 것도 사격 실력 때문이었지만, 한정림이 저질렀을 악행 또한 바로 그 손재주에서 비롯되었을 것이다.

그러니까 그건 베버의 오페라 〈마탄의 사수〉 같은 이야기였다. 사랑하는 사람과 결혼하기 위해 사냥꾼은 마을 사격 대회에서 우승해 삼림 감독관이라는 관직에 올라야 한다. 하지만 최근의 부진으로 자신감을 잃은 사냥꾼은 결국 악마와 거래해 마법의 탄환 일곱 발을 얻는다. 노리는 건 무엇이든 명중시킬 수 있지만, 마지막 한 발만은 사수가 아닌 악마의 뜻대로 날아가는 조건으로.

물론 악마가 노리는 건 바로 사냥꾼이 사랑하는 사람이다. 악마에게서 받은 총알의 대가란 원래 그런 것이다. 사수를 자멸시킬 표적을 기가 막히게 골라내기에 사람들은 그를 악마라고 부른다. 성체가 된 인간은 누구든 경험으로 안다. 타락에 관한 이런 유의 깨달음은 이야기 밖에서도 유효하다는 걸.

한먼지는 사춘기를 훌쩍 넘기고 나서야 한정림이 지겹도록 틀어놓던 곡의 제목이 〈마탄의 사수〉라는 걸 알게 되었다. 분명 한정림은 그 이야기의 교훈을 의식하고 있었다. 한정림이 딱 한 발씩만 쏘고 마는 건, 악마의 몫인 일곱 발째에 다가가지 않기 위한 습관일지도 모른다. 멀어도 한참 멀지만, 한정림이라면 미리 대비할 만한 심리적 거리다. 다만 그 한 발이 누적되지는 않는다는 셈법은, 악당이라면 누구나 지닌 편리한 윤리관의 스나이퍼 버전이고.

'네 발씩 쏘는 나는 그 인간과 많이 다른가?'

저격 총은 분해하지 않는다. 악기보다 예민한 총열을 매일 끼웠다 뺐다 할 수는 없다. 남들은 그러기도 한다지만, 한먼지는 그렇게 배우지 않았다.

총을 담은 가방은 이름도 '저격가방'인 저격 총 운반용 가방이지만, 그걸 메고 다닌다고 수상해 보이지는 않는다. 저격 총이 한창 수입되던 시절에는 저격 총 케이스도 잔뜩 들어왔는데, 재질이 어이없게 고급이라 저격 총 수입이 끊어진 뒤에도 가방만은 계속 유통됐다. 뭐든 여러 번 써야 하는 작은 우주 생태계에서는 드물지 않게 일어나는 일이었다. 간단하게 말해서 일상적으로 구할 수 있는 학생용 가방보다 저격가방의 품질이 훨씬 나았다. 누가 봐도 저격 총 모양으로 생긴 '키다리 가방'은 곧 학생용 가방으로 둔갑해서 두고두고 물려 쓰는 아이템이 됐다. 처음에는 개조해서 쓰기라도 했는데 시간이 지나자 모양 같은 건 아무도 신경 쓰지 않았다. 한먼지 또래의 젊은이가 메기에 딱 적당한 가방이라는 뜻이었다. 저격 총 케이스 대신 골프 가방이 수입됐다면 골프 가방이 책가방이 되었을 테니 이건 그렇게 이상한 일이 아니다. 다만 한먼지의 키 큰 가방 안에는 진짜로 저격 총이 들어 있었다. 총열을 제외하면 한정림이 직접 개조해서 만든 오래되고 정교한 물건이었다.

'무거워. 본체는 경량 부품으로 교체할 걸 그랬어. 이제 영점도 거의 다 맞췄는데, 처음부터 바꿔서 시작할걸.'

무거운 총은 반동이 적고 안정감이 상당하다. 대신 무겁다. 많이 무겁다.

한먼지는 가방을 등으로 짊어지듯 메고 계단을 내려왔다. 엄마의 수첩에는 사격 연습을 할 수 있는 지점 서른여섯 군데가 적혀 있다. 사실 그려져 있다고 하는 편이 더 정확하다. 각 지점마다 어디에 표적을 그려야 하는지도 나와 있다. 사비 전체에 흩어져 있는 발사 지점과 탄착점은, 어디에서 어디로 쐈을 때 총알이 어떻게 휘어져 가는지를 몸으로 체득하도록 구성된 훈련 코스 같은 것이다. 체계적인 듯하지만, 사실은 감각과 본능에 의존하는 연습이다. 초심자가 아니라 한정림 같은 달인에게나 전할 수 있는 요령인 탓이다. 실력 향상에 큰 도움이 되는 비급이지만, 그 비급을 익히려면 기본 이상은 터득하고 와야 한다. 물론 여기서 기본이란 바로 실전에 내놔도 좋은 수준을 말한다. 딱 한정림 스타일이고, 한먼지의 실전 연습이 늦어진 이유였다.

거기에 한먼지에게는 해결해야 할 문제가 하나 더 있었다. 화성 시간으로 1년쯤 전에, 갑자기 아무도 총을 쏘지 않는 시대가 도래한 것이다. 한정림의 시대에는 소음기만 달면 적당히 쏴대도 아무도 신경을 안 썼지만, 요즘은 한밤중에 그런 소리가 나면 주민들이 경찰에 신고를 해버려서 며칠 동안 순찰대가 주변을 어슬렁댄다. 그런 이유로 사격 지점 한군데를 포기하게 된 직후, 한먼지는 연습을 멈추고 총기를 개조해야 했다.

먼저 한 일은 총열 전체를 소음기로 감싸서 소음의 절반인 화약 폭발음을 잡은 것이었다. 그 바람에 안 그래도 무거운 본체에 더해, 총열마저 굵고 묵직한 총이 되고 말았다. 소음의 나머지 절반은 총알이 음속을 돌파할 때 생기는 충격파다. 이 소음을 잡는 요령은 간단하다. 발사된 총알이 음속을 넘지 않게 하면 된다. 비법은 무거운 총알을 써서 탄속彈速을 줄이는 것이다. 그러면 탄약의 폭발 에너지는 어느 정도 보존되고, 공기 저항이나 습도의 영향은 덜 받게 된다.

하지만 이 해법에는 결정적인 문제가 있다. 총알이 느려져서 춤을 출 시간이 길어진다는 점이다. 다시 말하면 더 많이 휘어진다는 뜻이다. 빙글빙글 돌아가는 사비라는 무대에 느린 음악이 울려 퍼지는 것처럼.

'이놈의 총은 하다못해 총알까지 무겁다고.'

밤이지만 거리에는 사람들이 꽤 있다. 몇 년 전만 해도 상상하기 어려운 일이었다. 저격가방을 멘 학생들도 드문드문 눈에 띄었다. 한쪽 어깨로 가볍게 멘 모습을 보니 안에 든 짐이 많지 않은 모양이었다. 책 몇 권에 간식 같은 게 들었겠지. 재잘재잘 새처럼 떠들고 지나가는 또래 젊은이들의 밝은 얼굴을 보며, 한먼지는 조금 서글픈 생각이 들었다.

'이 동네 인공중력은 오늘도 나한테만 작용하네.'

한정림은 암으로 죽었다. 우주에 나온 인간은 원래 암에 약하다. 지구의 거대한 자기장은, 태양으로부터 날아오는 방사선이 지상에 도달하지 않게 막아주는 든든한 자연 방벽이다. 생명체의 관점에서는 지구 자체가 신인 셈이다. 신의 품을 떠난 생명체는 스스로 이 문제를 해결하거나 아니면 대가를 치러야 한다. 의료 시설이 충분하지 않은 사비에서 제일 잘 고치는 병이 각종 암인데, 한정림은 암으로 사망했다. 사비에서 암으로 죽었다는 건 길거리에서 총에 맞아 죽지 않았다는 의미이기도 하다. 그래서 천수를 다했다는 말로 통하기도 한다. 악당의 말로치고는 평범한 마무리다.

거물이라 시립 묘지에 묻히는 것이 아니라면, 사비에서는 매장이 금지다. 한정림의 시신은 화성으로 옮겨졌다. 아마 화장해서 납골당에 보존될 것이다. 한먼지는 부두 장례식장에서 엄마와 작별했다. 잠깐 기다렸지만, 엄마의 작전 파트너는 그날도 나타나지 않았다. 아주 어렸을 때 몇 번 본 엄마의 '킬 스위치'는 아마 한참 전에 엄마에게 제거되었을 것이다. 아무 근거도 없지만 그렇게 믿었다. 킬 스위치라는 역할 이름에 괜히 '킬'이라는 말이 들어간 건 아닐 테니까. 엄마는 그 말이 거슬렸을 것이다. 혹시 만난다면 공식적으로 임무 교대 이야기를 하고 싶었는데 결국 그럴 수는 없었다. 사실 그런 건 안 해도 그만이었다.

한먼지는 화성 대기를 지구처럼 바꾸는 작업이 끝나고 원시 화성의 자연환경을 보존하는 일이 무의미해져서 어딘가에

유골을 뿌릴 수 있게 되면 그렇게 해달라고 신청하고 서류에 사인했다. 자기 이름처럼 엄마도 가서 먼지가 되도록. 정해진 애도 절차는 그게 다였다. 그 뒤는 어떻게 해야 하는지 알지 못했다. 한먼지는 처음으로 종교가 있었으면 좋겠다고 생각했다. 누구를 믿고 싶어서가 아니라 그럴 때 어떻게 해야 하는지 누가 가르쳐줬으면 해서였다. 정해진 대로 몸을 움직이고 시키는 대로 마음을 쓰다 보면 얼마나 애도하는 게 적당한지 좀 더 쉽게 결정할 수 있었을 것이다. 하지만 한먼지에게는 그런 시간이 주어지지 않았다.

임무의 대가로 한정림이 받기로 한 건 화성에 있는 개발 예정 부지였다.

"어차피 지금은 거기 집도 못 지어. 측량만 돼 있지 사람 사는 데도 아니니까. 그러니까 빨리 내려가봐야 소용도 없어. 내일 당장 임무 성공해도 어차피 15년은 기다려야 첫 삽이나 뜰걸. 그래도 개발 끝나고 도시가 들어서면 바로 노른자위가 될 위치니까 너는 거기 내려가서 살아. 집도 지어주는 조건이니까 따로 준비할 건 없어. 나는 봐서 지구로 가든지 할 거야. 너도 나랑 사는 거 싫지? 거기는 춥다더라. 따뜻하게 입고 살아."

그 땅을 주는 대신 엄마는 빚도 같이 떠넘기기로 했다. 그

우주섬 사비의 기묘한 탄도학

래서 한먼지는 중학생 때부터 총을 잡았다. 사비였으니까 아주 드문 일은 아니기도 했다. 처음 시작할 때는 총을 가방에 넣고 다닐 필요도 없었다. 그때는 가방 없이 기타를 등에 메고 다니는 정도의 생소함만 견디면 됐다. 그후로는 쭉 총잡이로 살았다. 다른 꿈은 꿔본 적도 없었다. 애도인지 뭔지 알 수 없지만 한먼지는 임무를 유업 삼아 이어받기로 했다. 그 일을 계속하다보면 언젠가 엄마에 대한 태도를 정할 수 있게 될지도 모른다. 종교가 필요한 이유가 단지 루틴 때문이라면 아무 루틴이나 신실하게 따라보는 것도 나쁠 건 없었다.

십자가처럼 무거운 가방을 짊어지듯 메고 사비의 뒷골목을 최단 경로로 가로지르며 한먼지는 생각했다.

'그래도 이제 내가 총은 더 잘 쏘잖아. 중량탄을 쓰니까. 그여자는 꿈도 못 꿨을 거야. 다른 콜로니에서도 이 기술이 먹힐까? 아닐 거야. 콜로니 지름도 다르고 회전 속도도 다 다르니까. 여기에 적응한 게 다른 데서는 오히려 나쁜 습관이 될수도 있지. 그럼 이걸 달리 어디다 써먹을 수 있지? 차라리 지구나 화성처럼 탄도학이 단순한 곳에서는 적응이 빠를까? 하지만 밋밋해서 지루할 텐데. 그 한 발을 쏴서 임무를 마치고 나면 나한테는 뭐가 남지? 화성에 지어진다는 집에 틀어박혀서, 나는 뭘 더 연구할 수 있지? 대학원 가서 우주 지역 물리

학위라도 딸까?'

한먼지는 표적을 그려놓은 곳에 다다랐다. 탄착점을 확인하고, 가방에서 자를 꺼내 정확하게 측정한 다음 수첩에 표적지를 그대로 옮겨 그렸다. 공구 상자를 열어 박혀 있는 총알을 빼내고, 가져온 물로 걸레를 적셔 표적지 그림을 지웠다. 모든 단계가 종교의식처럼 능숙하고 재빨랐다.

'이번엔 진짜 아까웠어. 하지만 이제 거의 다 왔어. 이 느낌 그대로 한 번 더 쏘고 갈까?'

한먼지는 세워둔 가방을 다시 둘러메고 다음 표적을 그릴 장소로 발걸음을 돌렸다. 어설프게 주위를 살피지는 않았다. 조준경과 삼각대와 간단한 공구와 총기 손질 도구와 수첩과 물병과 걸레와 분필 두 자루와 그리고 무거운 총알과 더 무거운 총이 든 커다란 가방이 어깨를 짓눌렀다.

엄마의 빨간 수첩은 반도 채워져 있지 않았다. 나머지를 채운 건 한먼지였다. 새 연습 장소를 확보하고, 전에 없던 곡선을 연마했다. 한정림의 챕터가 '궤적이 춤을 추는 현상을 극복하고 표적을 정확히 맞히는 법'에 관한 노하우였다면, 한먼지의 챕터는 '궤적이 춤을 추는 성질을 활용해 표적을 정확히 맞히는 법'에 가까웠다. 연구의 결과로 이번 주의 한먼지는, 건물에 가려 보이지도 않는 표적을 거의 명중시키고 있었다.

한먼지의 귀에는 콜로니가 속삭이는 소리가 들리는 것 같았다. 원통 모양의 도시를 촘촘하게 휘감은 특이한 전향력의 섬세한 결이 하나하나 다 보이는 것 같았다.

'마지막 한 발은 악마의 것.'

한먼지는 수첩에 그 말을 써 넣었다. 그 계약으로 인해 한먼지는 악마와 가까워졌다. 사비라는 이름의 원통 모양 악마와. 그러니 그 시궁창에서 한먼지를 꺼내줄 수 있는 건 엄마에게서 물려받은 기술뿐이었다. 그것으로 존재를 증명하고 그것으로 이 쳇바퀴에서 빠져나가야 한다.

다만 석연치 않은 부분이 있었다. 한정림에게 주어진 조건도 결국 이것과 똑같지 않았던가. 많은 것을 지니고 있었지만 별 볼일 없이 지루한 악당으로 살다 간, 스승이자 엄마였던 사람이 가진 삶의 조건.

'나는 더 나은 답을 찾아낼 수 있을 거야. 실력은 내가 나으니까.'

그러나 한먼지도 알고 있었다. 자신이 엄마보다 나은 사수가 되었으니, 악마의 몫으로 돌아갈 마지막 발도 더 절묘하게 날아가리라는 것을. 그래서 한먼지는 생각했다. 이왕 이렇게 된 거, 그 악마가 꾸미는 계략이라도 기가 막히게 재미난 것이었으면 좋겠다고.

한먼지의 시대에는 내내 느린 곡이 흘러나오고 있었다.

이초록은 가방을 멘 여자의 뒤를 밟았다. 저격용 소총을 넣기 딱 좋은 커다란 가방이었다.

"어떻게 대놓고 저런 걸 메고 다니지?"

이초록이 속삭이는 소리로 묻자 수미야가 대답했다.

"뭔 소리야, 저 또래 애들은 다 들고 다니는데? 본 적 있을 거 아냐?"

"골프 가방인 줄 알았지, 자세히 안 봐서."

"그럼 골프장은 있냐?"

의외로 수미야는 미행에 반대했다. 괜히 방해하지 말고 하던 대로 하게 놔두자는 것이었다. 순전히 팬의 관점이었다. 자꾸 만류하는 수미야의 손을 뿌리치고 초록이 굳이 미행에 나선 것은 마법 탄환의 주인이 너무 예상을 벗어난 모습을 하고 있어서였다. 초록이 기대한 저격수는 나이가 훨씬 많은 사람이었다. 민간인이 맨 처음 사비로 이주하던 시절에 잠입한 킬러였으니까. 그런데 눈앞에 있는 여자는 기껏해야 그때쯤 태어났을까 말까 한 정도였다. 수미야도 "저 또래 애들" 어쩌고 하는 걸 보면, 여자의 나이를 초록과 비슷하게 어림하는 모양이었다.

'진짜 취미로 쏘는 사람인가? 오목눈이 보스를 노리는 기적의 스나이퍼 같은 건 정말로 없는 건가?'

하지만 둘이 별개라고 하기에는 조금 전에 목격한 기적과 그 쓰임이 너무 절묘하게 맞아떨어졌다. 저렇게 쏠 수 있는 사람이 실제로 존재한다면 사비의 운명을 바꿀 사건에 관한 주둔군 인공지능의 신탁도 허무맹랑한 이야기가 아니게 된다. 그렇게까지 기가 막힌 우연이 진짜 우연일 리 없다. 분명 둘 사이에는 인과관계 수준의 밀접한 상관관계가 성립해야 한다.

그런데 뭔가가 이상했다. 완성된 그림만 보면 더할 나위 없이 잘 맞는 퍼즐 조각이지만, 문제는 이 조각의 생김새였다. 지구 나이로 이십대 중반에 불과한 퍼즐 조각은 무슨 수를 써도 바로 근처에 있는 조각 사이에 쏙 들어가지 않는다.

"수미야 언니? 이 밤중에 여기는 무슨 일이에요?"

그때 뒤에서 누군가 수미야에게 말을 걸었다. 속삭이는 소리가 아니었다. 수미야와 이초록은 뒤에서 들려온 목소리에 화들짝 놀랐다. 어느새 따라온 윤수정이 한 말이었다. 두 사람과 한 로봇은 어리둥절한 얼굴로 서로를 마주 보았다. 잠시 후 수미야가 먼저 상황을 파악하고 로봇에게 물었다.

"결정이니?"

여전히 속삭이는 소리였다. 로봇은 아무 대답이 없었다. 그러더니 잠깐이지만 조금 어색할 만큼은 시간이 지난 뒤에 수미야 쪽으로 고개를 돌리며 말했다.

"그럼 누구겠어요? 뭐 해요? 야간 근무예요?"

"아, 너 맞구나. 오랜만이다, 야."

윤결정은 말도 행동도 어눌하게 느껴질 만큼 느렸는데, 아마도 화성과 사비 사이의 거리에서 비롯된 시차 때문인 것 같았다.

"그런데 저 사람은 왜 따라가요? 미행 중인가? 로봇은 왜 데리고?"

광속으로 왕복해도 몇 초가 걸리는 거리이므로 그 시간이 윤결정의 반응 시간에 영향을 줄 수밖에 없었다. 그래서인지 윤결정은 윤수정만큼 명민하지는 않아 보였지만, 정말 윤결정이 그런 사람인 건 아니었다.

"미행은 무슨. 여기 우리 국장이 일 시켜서 밤에 확인하러 나왔다가 윤수정이랑 마주쳤는데, 심심한지 따라오더라. 잘 돌봐주고 있으니까 걱정하지 마."

수미야가 공무원처럼 능숙하게 둘러대자, 초록은 왠지 길에서 시청 냄새가 나는 것 같았다. 이초록과 수미야는 누가 먼저랄 것도 없이 키다리 가방을 멘 여자가 사라진 골목 반대 쪽으로 접어들었다. 원래 그러려고 했던 것처럼 자연스러운 발걸음이었다. 그 여자의 정체가 취미 생활 중인 은둔 고수든 신탁이 예견한 암살자든, 갑자기 튀어나온 특별 시민이 괜한 호기심을 갖게 할 필요는 없었다. 호기심으로 잠 못 드는 사람은 둘이면 충분했다.

수미야는 다음 날 아침 출근하자마자 국장실 문을 신나게 두드렸다.

"생각났어! 그런 애가 있었어! 우리 학교 다닐 때."

수미야가 또 앞뒤 맥락을 잘라먹고 중간부터 말했다. 밤새 너무 골똘히 생각한 나머지 세상 사람들이 다 그 이야기를 아는 줄 착각하는 모양이었다. 이초록은 눈을 껌뻑이며 부연 설명이 이어지기를 기다렸다. 맥락을 정리하며 가만히 들어보니 수미야는 고등학교 활쏘기 동아리 이야기를 하고 있었다.

"내가 동아리를 다섯 갠가 들어서 까먹고 있었지 뭐야. 우리 학교에 활쏘기 동아리가 있었거든. 교장이 뭔 이름을 궁시부弓矢部라고 지어서 인기가 하나도 없었지만. 애들이 맨날 궁시부렁이라고 놀려서 내가 아주 얼굴을 들고 다닐 수가 없었지. 나도 다 해서 세 번인가 나가봤을 거야. 그런데 이놈의 동네는 화살도 이상하게 날아가는 거 알아? 여기 활쏘기는 과녁 여덟 개를 사방팔방에 세워놓고 사람이 중간에 서서 쏘는 식이거든. 방향마다 화살도 다르게 휘는데, 삐 소리 들리면 불 들어오는 과녁 찾아서 속사로 쏴야 해. 제한 시간이 10초였나? 거의 사비 민속놀이였는데, 학교가 운동장 팔아먹어서 이제 구경할 데도 없다. 아무튼 내가 나가본 세 번 중에 한 번이 학교 축제 날이었는데, 그때 체험 행사 같은 걸 했거든. 거기에 굉장한 꼬맹이가 왔었어. 중학교나 갓 들어갔을까 싶은 애가."

"걔가 어쨌는데?"

"열 발 쏴서 일곱 발을 꽂았을걸. 여덟 발인가?"

"잘 쏘는 거야? 몇 미터에서 쏘는 건데?"

"처음 활 잡아본 애가 동아리 회장보다 잘 쏴서 회장이 다음 날 학교 안 나올 정도? 20미터였는데, 표적이 작지. 다음다음 날 회장이 나타나서, 그 꼬맹이 그런 쪽으로 타고난 감각 아니냐며 열심히 항변했지만 우리는 다 그러려니 했거든. 걔도 전문가는 아니니까. '어이구, 그러셨어요?' 하고 말았지. 그 뒤로 쭉 까먹고 있었는데 어제 갑자기 그 생각이 나더라고."

초록은 눈을 반짝이며 수미야의 이야기에 귀 기울였지만, 마지막에 가서는 김이 빠지고 말았다.

"그럼 누군지 모르는 거잖아."

"사비 바닥 빤한데 그걸 왜 못 찾아? 뭐라도 잘하면 다 소문으로 남게 돼 있어. 당시에도 궁시부 회장이 계속 집착해서 애를 수소문하고 그랬거든. 다들 그러지 말라고 말렸는데 미련이 남아서.”

“찾았대?”

“찾았던가? 가물가물하네.”

“하나부터 열까지 다 가물가물하구만?”

그러자 수미야가 의미심장한 미소를 떠올렸다.

“회장이 어디 사는지는 확실히 알거든.”

수미야의 동창인 전 궁시부 회장 박소란은 이야기를 경청하는 이초록의 얼굴을 옆에서 보기에도 부담스러울 만큼 빤히 들여다보았다. 이초록은 문득 특수 능력이 발휘되고 있다는 사실을 깨달았지만, 그냥 그렇게 흘러가도록 내버려두었다.

“저런, 그랬군요. 어깨 부상이었으면 활 쏘는 데는 치명적이었겠죠.”

“글쎄, 그렇다니까요. 제가 회장이라고 내색도 못 하고 그 어깨로 1년을 겨우겨우 버텼는데, 그걸 누가 알아주나요? 다들 꼬맹이한테 무참하게 짓밟혔다고만 기억하더라고요.”

박소란은 가구 리폼 업체를 운영하고 있었다. 우주 도시에서 가구는 지구에서처럼 쉽게 만들고 쉽게 버릴 수 있는 물건이 아니었다. 다른 모든 물건과 마찬가지로 몇 번이고 주인을 바꿔가며 재사용되고, 그러고도 수명이 다하면 리폼 전문가에게 맡겨져 쓸 수 있는 물건으로 다시 태어나야 했다.

"그 꼬맹이, 사실 천재 아닐까요? 공간에 대한 천부적인 감각 같은 게 있었거든요. 지구의 철새가 북극 방향을 정확하게 인지하듯이, 사비에서 나고 자란 아이들은 시내 어디에 있어도 자기 위치와 서 있는 방향을 정확하게 알더라고요. 우리 조카만 빼고요. 뭐 전향력까지 읽는 경우가 많지는 않겠지만 글쎄요, 20만 명 중 한 명 정도는 그런 능력을 지니고 태어났을지도 모르죠. 확인할 일이 없으니 다들 모르고 사는 거지."

특수 능력이 발휘되는 동안 초록은 자주 딴생각에 빠졌다. 사람들이 쏟아내는 말을 진짜로 다 듣고 있을 수는 없었다. 박소란은 꽤 솜씨 좋은 리폼 디자이너였다. 직접 만든 간판에 적혀 있는 상호는 '작은 순환'이었는데, 초록은 그 이름을 보자마자 찜찜한 기억이 떠올랐다. 우주선 화장실의 기억이었다. 우주선 화장실이 찜찜한 건, 어른들은 깊이 생각해본 적 없고 아이들은 늘 관심이 많은 어떤 사실 때문이었다.

"그거 아세요? 우주선 안에서는 물이 순환한대요."

우주선이 화성 방향으로 출발한 날 한 아이가 초록에게 말했다.

"순환하겠지."

"여과 장치를 거쳐서 깨끗해진 다음 재사용된대요."

"응? 아, 재사용되는구나! 저런. 그런 식이었지, 참!"

작은 우주선 안에서 몇 달간 함께 순환하는 관계란 그런 의미다. 말 그대로 서로가 서로의 일부가 되는 것. 직접적인 물질의 교환을 통해. 화장실에서 나간 물이 주방으로 돌아가는 방식으로.

엄밀히 말하면 그건 순환이 아니라 여과다. 진정으로 순환이라는 말을 쓸 수 있으려면 집을 나간 물이 반드시 '세상'을 떠돌다 집으로 돌아와야 한다. 사비처럼 작더라도 일단 세계는 세계여야 한다. 화장실을 떠난 물이 바로 주방으로 들어가거나, 옆집까지만 잠깐 나갔다가 그대로 집으로 돌아오는 것도 용납이 안 된다. 다른 이유는 없고, 함께 순환에 참여한 구성원이 누구인지가 너무 확실하게 정해지기 때문이다. 불특정 다수가 아니라 딱 저 사람과 저 사람이라니! 얼마 전에 우주를 건너온 사람에게 그것은 윤리적인 거부감마저 불러일으키는 짓이었다.

'가게 이름이 작은 순환이 뭐야? 이왕이면 큰 순환이 좋지 않나?'

왠지 심각해지는 초록의 얼굴에서 실제보다 부풀려진 공감을 읽어낸 박소란은 좀처럼 이야기를 끝낼 줄을 몰랐다. 특수 능력이 잘 발휘되고 있다는 뜻이었다. 참다못한 수미야가 단도직입적으로 물었다.

"그래서 찾았어, 걔?"

"아니, 사라졌더라고, 깨끗하게. 그 뒤로 한 5년쯤 생각날 때마다 확인해봤는데, 그런 재주를 지녔다는 사람에 관한 소문은 한 번도 돈 적이 없어. 그 또래도 그렇고 다른 나이대도."

여기서 5년은 화성 시간으로 5년이었다. 지구 시간으로는 10년이 넘는 기간이었다. 수미야는 고개를 갸웃했다. 물도 공기도 가구도 다 '완전 순환'하는 작은 동네에서 애가 사라지면 어디로 사라진단 말인가? 게다가 그런 신기한 재주를 지닌 녀석이. 설마 있는 재주를 숨기고 조용히 산 걸까? 인간이 과연 그럴 수가 있나? 어쩌면 죽은 게 아닐까?

박소란이 덧붙였다.

"심지어 이름도 알았는데 결국 못 찾았어."

"이름을 어떻게 알아?"

"학교에서 시켜서 신청서를 받았거든, 그 체험 행사."

"아!"

수미야가 탄성을 내뱉었다. 초록도 마찬가지였다.

"뭔데, 이름?"

"한먼지. 그런데 그런 사람은 없더라, 어디에도. 어쩌면 벌써 이 세상 사람이 아닐지도 몰라."

문해는 두 팔꿈치에 체중을 충분히 실은 자세로 나무 테이블에 기대앉았다. 왼손은 테이블에 놓여 있었고 오른손은 해바라기 씨를 부지런히 입으로 날랐다. 거대한 기둥이 시야를 가렸다. 기둥을 둘러싼 나무 테이블은 묵직하고 탄탄했다. 좋은 물건이었다. 의회가 해산되면 해체해서 집에 갖다두고 싶을 정도였다. 문해는 기둥의회라는 이름보다 테이블 의회라는 이름을 선호했지만 그렇게 부르는 사람은 문해뿐이었다.

기둥은 목성 같았다. 목성의 위성에서 하늘을 올려다보면 거대한 행성에 가려 다른 위성 몇 개가 전혀 보이지 않는다. 게다가 목성은 존재감이 상당해서 시야를 아예 압도해버린다. 그러고 보면 눈앞의 기둥도 꽤 좋은 물건이다. 하지만 건물의 무게를 실제로 지탱하고 있어서 폐허가 되지 않고서는 뽑아다 집에 옮겨놓을 방법이 없다.

위원회는 늘 엉망진창이다. 이건 갱단 보스들의 정상회담이지 진짜 의회 같은 게 아니다. 깡패들 이권 다툼이야 하든지 말든지. 주둔군은 원래 민간인 구역에 관심이 없다. 장소를 제공했으니 어쩌고 살든 알아서 할 일이다. 테이블 위에는 헬멧이 올려져 있다. 집안 어른 중 몇몇은 투구라고 부르지만, 솔직히 투구는 아니지 않나? 주둔군의 뿌리는 우주군이지만 지금의 구성원은 대부분 우주선을 몰아본 적이 없다. 절반은 우주선을 타본 적도 없다. 주둔군은 우주섬의 지배자이자 귀족이다. 명분상 주둔군의 목표는 아직도 화성 침공이지만, 정말로 화성에 가고 싶은 건 아닐 거다.

문해는 보스가 아니고 전권대리다. 나머지 넷은 진짜 보스다. 자기를 대신하는 전권대리 같은 걸 용납할 수 없는 인간들. 왼쪽에 앉은 건 경찰파 두목인데, 아직 삼십대 초반밖에 되지 않은 데다 경사 계급장을 달고 있다. 잘은 몰라도 더 높은 계급이 수도 없이 많을 텐데도 이놈의 계급은 경사다. 그리고 보스다. 진짜 위험한 놈이라는 뜻이다.

그 왼쪽에는 광장파 두목이 앉아 있을 텐데 다행히 기둥에 가려 안 보인다. 부동산 사기꾼들. 우두머리를 돌아가면서 맡고 있어서 지금 보스가 누구인지 기억이 가물가물한데, 어차피 셋 다 비열한 인상이라 안 보는 편이 낫다.

그 왼쪽도 전혀 안 보이는데, 사비에서는 제일 오래 보스질을 해먹는 인간이다. 안 봐도 보는 것처럼 얼굴이 떠오르는 인간이라, 목소리가 들리는 것만으로도 짜증이 치솟는다. 무기 밀매업자 따위가 왜 정장을 입고 다니는 걸까. 게다가 이 인간은 자칭 회장님으로 불리고 수행원도 제일 많이 데리고 들어온다. 스무 명이면 꽉 차는 좁아터진 방에 혼자 네 명이나 데리고 들어와서 어쩌라는 걸까.

그 왼쪽, 그러니까 문해의 오른쪽에 있는 거인 여자는 오목 눈이다. 목소리를 들어줄 만한 유일한 사람인데, 그러거나 말거나 딱히 관심이 가지는 않는다. 오늘 회의 주제가 이 여자의 목숨에 관한 문제만 아니었다면 문해는 지금만큼의 관심도 기울이지 않았을 것이다.

넷의 쓸모없는 토론은 언제나 격렬하다. 목소리의 톤이 낮은 사람도 있지만 분위기만은 하나같이 살벌하다. 보이는 두 사람과 안 보이는 두 쓰레기는 목성 같은 기둥을 사이에 두고 소문 전하듯 무슨 말인가를 열심히 주고받는다. 이야기는 가끔 기둥을 빙 돌아 문해에게도 고개를 내민다. 의견을 묻는 것이다. 문해는 대답 대신 볶은 해바라기 씨 껍데기를 앞니로 톡 부러뜨리며 고개를 끄덕이거나 끄덕이지 않거나 한다.

해바라기 씨는 조금 큰 씨앗이다. 다른 씨앗처럼 유선형으로 생겼지만 볼이 넓고 납작한 편이다. 온전한 씨앗일 때는 알아채기 어렵지만, 사실 이 껍데기는 네 개의 평면으로 이루어진 입체도형이다. 서핑 보드 네 개를 오목하게 구부린 다음 볼록한 면이 바깥으로 향하게 보아서 세워놓은 모양이다. 씨를 수직 방향으로 들고 뾰족한 쪽을 앞니로 살짝 깨물어 톡 깬 다음, 좀 더 가운데 쪽을 한 번 더 깨물면 입체를 이루고 있던 네 개의 길쭉한 조각이 경쾌한 소리를 내며 착 갈라진다. 이때 해바라기 씨를 쥔 손가락을 살짝 비틀면 네 개의 평면은 펼쳐진 부채 모양으로 좍 퍼진다. 껍데기의 3차원 구조가 2차원으로 바뀌는 순간 그 안에 들어 있던 3차원의 내용물이 숨을 곳을 잃고 모습을 드러낸다. 그걸 앞니로 집어서 입에 넣고 손에 든 껍데기는 털어낸다. 테이블 위에는 해바라기 씨 껍데기가 수북이 쌓여 있지만, 입에 넣고 우물거리다 뱉어낸 게 아니라 손에 들고 있다가 버린 잔해다.

"주둔군 쪽에서 협조해줄 수 있어?"

경찰파 보스가 묻는다. 협조? 협조면 당장 대답하기 귀찮은 질문인데. 모두의 시선이 문해에게로 쏠려 있다. 기둥 뒤의 시선은 보이지 않아 다행이다. 해바라기 씨를 하나 더 깐다. 하나 더, 그리고 또 하나 더. 손에 묻은 소금을 떨고 오른손을 턱에 괸다. 오목눈이 보스 쪽으로 시선이 향한다. 오목눈이는 기둥을 보고 있다. 그런 건 어떻게 되든 알 바 아니라는 표정이다. 자기 안위와 관련된 안건이니 딱 적절한 태도다. 적절한 태도인데, 뭘 저런 것까지 신경 쓰고 사나 갑갑하기는 하다.

문해가 입을 연다. 인사말 말고는 처음 하는 발언이다.

"콜로니 회전 속도를 조정해달라고요?"

도시의 주인이 누구인지는 몰라도, 이 우주섬의 주인은 아직 주둔군이다. 주둔군은 태양광 반사판을 조절해 낮과 밤의 길이를 조절하고, 하루의 길이도 조절할 수 있다. 사실은 1년의 길이도 조금씩 짧게 만들고 있는데, 무지한 민간인들은 관심이 없다. 시계가 안 맞는다고 가끔 불평할 뿐이다. 오목눈이 뒤에 서 있는 점집 여자 말고는 달력에 관심 있는 사람은 아무도 없다.

조폭들 말대로 주둔군은 콜로니가 자전하는 속도를 바꿀 수 있다. 중력이 커지거나 작아지게 한다는 소리다. 엔진을 가동해서 콜로니 자체를 옮겨버릴 수도 있다. 그런데 왜 이건 아무도 무서워하지 않는 걸까. 천지가 개벽할 수 있는데. 우주섬의 밤낮을 관장할 뿐 아니라 섬 자체를 다른 곳으로 보내버릴 수도 있는데.

문해가 묻는다.

"암살자가 스나이퍼라는 건 확실한 이야기입니까? 자동 조준장치나 초고속 탄 없이 수동으로 장거리에서 저격하는 건 불가능할 텐데요. 운 좋게 적당한 위치를 확보해도 사격 거리가 대충 1킬로미터쯤 되지 않나요? 회전축 근처를 가로지르면 궤적이 휘어도 여러 번 휠 텐데."

경찰과 보스가 대답한다.

"확실한 첩보라는 게 어딨어? 들리는 이야기 중에 그림 나오는 걸 골라서 믿는 거지. 지구 놈들이 아무래도 자기네가 스나이퍼를 심은 것 같다잖아. 암살 명령 내렸다가 취소 못했다고 실토한 장본인이 그렇다는데, 딱히 거짓말일 이유도 없고 말이야. 그 영감도 거기까지 말해 줬으면 신경 많이 쓴 거라고. 그 양반 지구에서 이미지가 얼마나 멀끔한데 이런 촌구석에 암살자나 심어놓고, 바로 지난주에 실행 명령까지 내리고 말이야. 이게 보통 일이야? 그런 민감한 정보를 굳이 털어놨는데 거짓말일 리는 없잖아."

반말이다. 문해는 그런 태도 따위에 반응하지 않고 다시 묻는다. 주둔군의 교육은 지나치게 엄격해서 상스러운 말이나 비꼬는 말을 배운 적이 없다. 이럴 때는 그게 늘 아쉽다.

"글쎄, 그 암살자가 스나이퍼가 맞는지 본인도 확실히 모른다는 거 아닙니까. 재래식 장비로 정밀사격을 한다고요? 민간 구역 이쪽에서 저쪽으로? 글쎄요, 우리 인공지능도 그게 가능하다고까지는 예측한 적 없을 텐데요."

"에이, 답답한 양반이네. 혹시 모르잖아. 알피엠 조금만 높여봐. 손해날 것도 없는데 뭘."

손해날 것이 없지는 않다. 알피엠, 그러니까 분당 회전수를 높이면 전향력도 커져서 정밀사격에는 영향을 미치겠지. 하지만 깡패들이 모르는 것이 있다. 사비는, 이 스페이스 콜로니는, 생각보다 튼튼한 구조물이 아니다. 아무도 신경 쓰지 않겠지만 유지 보수 부분에 특히 문제가 있다. 부품 조달도 어렵고 기술자도 구하기 쉽지 않고. 그래서 꽤 오랫동안 방치되어 있다. 대신 주둔군 쪽 우주 공항에는 탈출선을 대기시켜놓았다. 그쪽을 민간인에게 개방하지 않는 이유 중에는 사실 이게 제일 크다. 가속이든 감속이든 회전 속도를 바꾸면 분명 구조물에 나쁜 영향을 미칠 것이다. 힘을 가하는 거니까.

'그런데 하필 걸려 있는 게 이 사람 목숨이군.'

문해는 오른쪽에 앉아 있는 사람을 슬쩍 바라보았다. 최초의 오목눈이.

오목눈이는 주둔군에도 도움이 된다. 시설 관리 인력을 우주섬 내부에서 충당하려는 계획이 없는 것이 아니다. 인공지능 미래 전망 프로그램인 오라클이 내놓은 제일 중요한 충고는 사실 이 내용이었다. 주둔군 인구 감소, 특히 기술 인력 감소에 대한 대안. 고마공대를 인수해 기술 인력 양성기관으로 재편하고 민간인을 콜로니 유지 작업에 투입할 수 있도록 분리 정책을 획기적으로 수정할 것. 그래야만 장기적으로 생존할 수 있음.

'뭐 그게 아니어도 이 사람이 걸린 일이라면, 고민해볼 여지는 있지.'

문해는 다시 해바라기 씨를 집어 들었다. 몇 개 남지 않았다. 뒤에 서 있던 부관이 그릇에 해바라기 씨를 새로 붓자 양옆에서 탄식 같은 한숨이 터져 나왔다. 나중에 전해 들었는지 기둥 뒤에서는 한 박자 늦게 한숨 소리가 들려왔다. 달리 말하면 네 명 모두가 회전 속도 변경을 지지한다는 뜻이었다.

'사비에서 이런 경우가 있을 수 있다니, 인물은 인물이군.'

다시 경사 놈이 신경을 건들었다.

"그것도 직접 못 정해? 그럼 엄마한테 가서 물어보고, 다음에는 엄마나 아빠한테 직접 와서 앉아 있으라 그래."

그가 자리를 박차고 나가버리자 다른 사람들도 하나씩 자리를 떴다. 오목눈이 보스가 마지막으로 방을 나간 직후에, 그를 뒤따르던 서운관 영사라는 사람이 멈칫하며 한마디를 남겼다.

"전권대리. 그 첩보, 실은 구체적인 근거가 있습니다. 입수한 내막은 말씀드릴 수 없으니 여전히 의문이 남으시겠지만, 그렇게 아시고 숙려해보시지요."

문해는 고개를 한 번 까딱하며, 해바라기 씨를 집어 앞니로 살짝 깨물었다.

"오늘부터 야근이에요."

우주섬 사비의 기묘한 탄도학

경비과장 여화성이 아침부터 국장실로 찾아와서 투덜거렸다.

"야근이요? 이런 태평성대에 밤까지 할 일이 뭐가 있다고?"

"내 말이. 위에서 명령이 떨어졌어요. 스나이퍼 검거하라고. 있는지 없는지도 모르는데 그걸 어떻게 찾으라는 건지. 없으면 없다는 증거라도 찾아오래요."

"없는 거 증명하는 게 더 어려운데. 사실상 영원히 증거를 찾으라는 거잖아요."

경비과장은 어깨를 으쓱했다. 신나 보이지는 않는 표정이었지만 몸짓은 여느 때처럼 게으르고 껄렁해 보였다.

"불법 장비 밀반입 쪽은 그만 추적하고 사격 연습하는 놈이나 적발하랍니다. 오늘부터 전 직원 잠복이라 시 전체에 경찰이 쫙 깔릴 거예요. 총질하는 놈은 다 연행할 거고요. 조폭 놈들이 알고는 있으려나? 괜히 시비 붙는 거 아닌가 모르겠어요."

경비과장은 그렇게 말하며 일찍 잠을 자러 들어갔다. 겨우 아침 10시 반이었다. 그런 경비과장까지 현장에 나간다니 정말로 경찰과 인원 전부가 수색에 동원될 모양이었다.

'저놈들 손에 잡히면 어떻게 되는 걸까, 그 스나이퍼?'

이초록은 깊이 생각하지 않았다. 뭐가 됐든 끔찍한 광경

일 게 분명했다. 역시 생각할수록 안 어울리는 퍼즐이었다. 자기들이 눈에 불을 켜고 찾는 스나이퍼가 그렇게 젊은 사람일 줄을 경찰파는 상상이나 했을까?

'장고요나 고모 손에 붙들리면 어떻게 되는 걸까? 경찰에 끌려가는 것보다는 좀 나을까?'

초록은 혼자 가만히 고개를 저었다. 잘은 몰라도 아직 누군가에게 스나이퍼를 넘기고 싶은 마음은 들지 않았다. 자기 키만큼 커다란 가방을 십자가처럼 메고 가던 뒷모습을 떠올렸다. 그 아래에 드리운 건 악당의 그림자 따위가 아니었다. 아직은 그래 보였다.

이초록은 그 스나이퍼가 어떤 사람인지 먼저 알아보고 싶었다. 정보를 넘기는 건 그다음에 해도 충분할지 모른다.

'하지만 그런 사람은 어디에도 없는데.'

박소란의 말은 사실이었다. 시청 내부망으로 검색해도 마찬가지였다. 사비의 행정 체계가 아무리 엉망진창이어도 그런 사람이 존재했다면 어디든 한 군데쯤은 이름을 남겼을 것이다.

수미야는 한먼지를 찾는 데에는 그다지 열의를 보이지 않았다. 그런 건 별로 중요하지 않다는 것이었다.

"찾아서 뭐 하게? 만나서 사인이라도 받게? 선 넘지 마. 우

110   우주섬 사비의 기묘한 탄도학

리는 그냥 몰래 숨어서 보기만 하면 되는 거야. 본인이 직접 하기 전에는 어디 소문도 내지 말고 기록으로 남기지도 말라고. 어떻게 팬질의 기본을 모르냐? 지구에서는 뭐가 달라? 아티스트를 존중하는 마음이 깔려 있어야지."

하지만 이초록은 팬이어서 한먼지를 찾으려는 게 아니었다. 아주 아니라곤 할 수 없지만, 단지 그 이유 때문만은 아니었다. 이초록은 수미야가 모르는 것을 알고 있었기에, 수미야는 하지 않아도 되는 선택을 해야 했다. 굳이 알고 싶지 않았지만, 기왕 알게 되었으니 어쩔 수 없었다. 초록은 한먼지를 어떻게 해야 할지 태도를 정해야 했다.

"저기, 시청 전체에 수미야처럼 실제로 일하는 직원이 몇이나 되지?"

"왜? 부서마다 한둘은 있지."

수미야가 도로명 후보 목록을 들여다보며 건성으로 대답했다. 다시 초록이 물었다.

"그 사람들끼리는 협조가 잘되지?"

협조는 '그만 싸우고 없던 일로 하기'를 뜻하는 탐관오리들의 행정 용어이기도 하고, 서로 도와서 일을 처리하는 과정을 가리키는 진짜 공무원들의 일상어이기도 했다. 수미야는 이 두 번째 용법이 활용되는 영역에 해당하는, 한 줌밖에 안 되는 사람 중 하나였다.

"되는데 왜?"

"나 뭐 좀 구해줘봐."

"왜? 뭘? 설마 일하게?"

그날 오후에 수미야는, 초록이 부탁한 서류를 잔뜩 구해다가 초록의 행정용 단말기로 전달했다.

"일단 보내긴 보냈는데, 이거 문서가 아니라 문서고야. 창고라는 뜻이라고. 검색이라는 인류 문명의 유산이 있는데 그걸 놔두고 굳이 돌도끼를 집어 들겠다고? 뭐 잘해봐."

수미야는 더 말하기도 귀찮다는 듯 자기 자리로 돌아갔다. 초록은 부임 후 처음으로 행정용 단말기를 열었다. 그 안에는 수미야가 시청 동료들에게 부탁해서 얻은 문건이 잔뜩 들어 있었다. 수미야의 말대로 어마어마한 양이어서 어디부터 손을 대야 할지 감도 안 잡혔다.

'어디 보자. 어디서 뭘 찾아야 한다?'

문서 분류는 깔끔했다. 제목도 체계적으로 달려 있고, 번호도 잘 매겨져 있었다. 사비의 문서 관리를 담당하는 부서는 주소국보다 훨씬 유능했던 모양이었다. 다만 양이 너무 많았다. 돌도끼로 때려잡기에는 너무 어마어마한 괴물이었다.

초록은 아무 파일이나 열어서 들여다보기 시작했다. 그렇게 2시간 반이 지났다. 문자와 숫자 사이를 눈이 빠지도록 헤매고 있는데 수미야가 국장실 문을 똑똑 두드렸다.

"국장 양반, 이리 와봐."

초록은 뻣뻣해진 어깨를 빙빙 돌리며 수미야의 자리로 갔다. 수미야의 책상 위에는 단말기와 모니터가 다섯 개나 나와 있었다. 각각의 모니터에는 이름과 숫자가 빽빽하게 늘어선 목록이 띄워져 있었다.

"이 사람 아닐까?"

수미야는 어느새 경험 많은 공무원의 자세로 돌아와 있었다. 초록은 허리를 숙여 화면에 뜬 내용을 자세히 살폈다. 어느 해의 '학습용 단말기 지원 사업 반액 지원 대상자 명단', 다른 해의 '미진학 성년 취업 교육 지원 현황', 또 다른 해의 '단독 가구 안부 확인 사업 신규 대상자 목록', 그리고 작년 봄의 '수명 연한 초과 가구 리폼 승인 심사 결과표'까지, 수미야가 그 어마어마한 문서의 바다에서 찾아낸 '유의미한' 문건 몇 개가 화면을 채우고 있었다. 문건 곳곳에는 형광색으로 표시된 곳이 몇 군데 있었다. 수미야가 문건들을 일일이 확인해서 찾아낸 무언가의 흔적. 이름이었다.

"관심 없다더니? 아티스트를 존중하는 마음은 어쩌고?"

초록이 수미야를 돌아보았다. 수미야가 안경을 벗어 머리 위에 씌우며, 별것 아니라는 듯 어깨를 으쓱했다.

"부서장 관심사라니까. 아무래도 이 사람인 것 같지 않아? 나이대도 대충 맞고, 성장 과정을 고려하면 일관성도 있어. 이 이름으로 된 행적들, 동일인인 것 같아."

초록은 표시된 이름과 문건이 작성된 연도를 비교했다. 수미야가 말한 대로였다. 고유 번호 같은 게 부여되어 있지 않아서 행정적으로는 동일인인지 아닌지 확인이 안 됐지만, 숫자에 상상을 더해 누군가의 삶으로 바꾸면 일정한 방향으로 흘러가는 삶의 궤적을 떠올릴 수 있었다. 우연히 비슷한 방향으로 걸어간 일곱 명의 다른 사람이 아니라, 일곱 군데 모두를 거쳐 간 단 한 사람의 일관된 삶을.

"그러니까 이게 그 한먼지의 본명이라고?"

"아마도. 한먼지는 아주 어렸을 때부터 또래 사이에서 불리던 별명 같은 거고."

"그걸 본명처럼 썼다고? 그렇게 평생?"

"마음에 들었나보지. 뭐 아무튼 이 주소로 찾아가서 확인해보면 알겠지. 같이 갈까, 주소지 확정 방문?"

한먼지는 가끔 한민지로 불렸다. 맨 처음 잘못 부른 사람은 선생님이었다. 며칠 동안 듣고 있다가 어느 날 그 이름이 아니라고 했더니 선생님이 단말기를 들여다보며 말했다.

"민지 맞는데. 민지는 먼지가 더 좋아?"

그다음부터는 정정하지 않았다. 어차피 이름을 불릴 일은 별로 없었고, 친구들이나 엄마는 당연하다는 듯 먼지라고만 불렀다. 유독 선생님들만 잘못 부르는 게 아니라 원래 이름이 한민지일 수도 있다는 사실을 깨달은 건 몇 년이나 지난 뒤였다. 지역 물리학 경시대회에 나갔을 때였다. 이름을 말하고 학교 이름을 대자 접수 담당 선생님이 "한민지 학생, 이름 똑바로 말해야 한 번에 접수돼요"라고 핀잔을 놓았다. 그때서야 확실히 알게 됐다. 공식적으로 자기 이름은 한민지라는 사실을.

'애 이름을 평생 엉터리로 불렀다니, 생각보다 더 이상한 여자잖아!'

한정림 이야기였다. 그런 괴상한 장난에 평생 속고 살았다니, 돌아보면 당황스러운 유년기가 아닐 수 없었다. 서럽게 울어서 그 황당함을 모면해보려고 했지만, 눈물이 하나도 나오지 않았다. 울먹이던 표정을 싹 지우고 그 순간에 떠오른 감정을 마주했다. 표면은 하얀 부끄러움이었다. 그런데 관객이 둘뿐이었다. 한정림과 자기 자신. 그걸 신경 쓰지 않기로 마음먹었더니 이유를 잃은 부끄러움이 눈 녹듯 사라졌다. 그러자 눈밭에 가려져 있던 진짜 밑그림이 보이기 시작했다. 형체는 없는데 알록달록하기만 해서 정체를 알아내기 어려운 감정이었다. 우주만큼 근원적인 외로움일까, 아니면 물려받은 광기일까? 아무튼 싫지 않은 감정이었다. 그걸 직면한 순간이 바로 유년기의 끝이었을 것이다. 알록달록하고 구불구불한 어른의 길.

한먼지는 사람을 죽여본 적이 없었다. 한정림이 오래 살았다면 그것까지도 훈련했을 것이다. 표적이 사람이라는 사실 때문에 망설이다 결국 방아쇠를 당기지 못하면 다른 모든 훈련이 허사가 될 테니까. 이수하지 못한 마지막 훈련을 자습으로 대체할 방법은 딱히 없었다. 그렇다고 아무나 죽여볼 수도 없는 노릇이었다. 한먼지는 그냥 마음을 굳게 먹기로 했다. 그때가 오면 고민하지 말고 방아쇠를 당기기로. 사비가 배경인 연극이니 총에 맞을 사람도 십중팔구 악당이겠지.

그러던 어느 날 실행 명령이 떨어졌다. 명령이 게시되기로 지정된 곳은 어느 술집 앞 입간판이었다.

"저기에 새 칵테일 메뉴 광고가 걸릴 거다. 노을이라는 한글 이름이다. 잘 기억해. 정확히 노을이야."

사비에는 황혼과 새벽이 없고, 어스름과 노을도 없다. 그보다 우선 하늘이 없다. 그런 사비를 비웃기라도 하듯 노을은 '블루 스카이'를 응용한 칵테일이었다. 유리잔 안에 파란 하늘색 술이 채워져 있고 그 중간에 하얀 뭉게구름이 둥둥 떠 있는 칵테일. 그게 지구의 하늘을 잔 속에 옮겨놓은 것이라는 건 사비 아이들도 다 알아볼 수 있다. 지구 영화나 광고는 다들 보고 자랐으니까. 다만 지구 출신들처럼 하늘이라는 게 그립지는 않다. 사비 아이들이 하늘에 대해 갖는 감정은 동경에 가깝다. 나도 언젠가 하늘이 있는 땅에서 살고 싶어, 하는.

노을은 그 블루 스카이 맨 아래에 우울한 오렌지색 액체가 얇게 깔린 칵테일이다. 구름과 하늘을 다 마시고 난 뒤 맨 마지막에 입에 털어 넣는 무겁고 씁쓸한 시럽. 지구의 저녁은 그런 기분이라는데, 마셔보지 않아서 어떤 것인지는 알 수 없다. 사비에서 파는 것이니 어차피 맛은 엉터리일 것이다. 애초에 실행 명령이 걸리기로 한 술집도 세월의 시련을 견디지 못하고 거의 분식집이나 다름없는 가게로 변하지 않았던가. 문을 닫지 않은 게 용할 지경이었지만, 칵테일을 파는 떡볶이집이라니 정말 눈에 띄게 억지스럽고 괴상한 조합이었다.

그래도 지령은 지령이었다. 사비에 노을이 지면 한정림은 한 달 뒤에 그 일을 해치워야 했다. 한정림이 죽자 그 일은 한먼지의 몫이 되었다. 왜 하필 한 달이었는지는 알 수 없지만, 아마 누가 시켰는지 숨기려는 의도일 것이다.

맨 처음 한먼지는 그 일의 제일 까다로운 부분이 표적을 확인하는 과정일 거라 짐작했다. 하지만 막상 닥치고 보니 표적을 정하는 일이 제일 쉬웠다. 사실 한먼지는 실행 명령이 떨어지기도 전에 머지않아 노을이 뜰 것을 예상했다. 그전에는 표적이 될 만한 사람이 아무도 없었는데, 사비에 그 사람이 등장하자 어쩌면 저 사람은 표적이 될지도 모른다는 예감이 들었다.

"곧 일인자로 추대될 사람."

한정림이 전해준 표적의 조건은 그랬다. 너무 짧다고 느꼈는지 한정림이 설명을 덧붙였다.

"무슨 말인지 알겠니? 힘으로 빼앗거나 다 죽이고 혼자 남은 사람이 아니라, 다른 거물들이 자발적으로 제일 높은 자리에 앉히자고 합의할 것 같은 사람을 말하는 거다. 너도 대충 알겠지만, 사비에서 그런 일은 절대 안 일어나겠지."

한먼지도 그 말에 동의했다. 그런데 거짓말같이 그런 사람이 나타났다. 표적을 오인하지 않기 위해 한먼지는 늘 사비 유력자들의 평판에 관심을 기울였다. 하지만 그런 것에 전혀 관심이 없었어도 장고요를 모르고 넘어가긴 어려웠을 것이다. 소문 속의 그는 묘하게 선량한 사람이었다. 악인들을 이끌고 있지만, 장고요 자신만은 악인이 아니라고 했다. 오늘에 머무르지 않고 늘 먼 곳을 바라보고 있으며, 무엇보다 용감하고 공정한 사람이기까지 하다고.

한먼지가 믿는 것은 그깟 풍문이 아니었다. 어느 날 한먼지는 멀리서 걸어가는 장고요와 오목눈이들을 보았다. 장고요는 키가 훌쩍 커서 한눈에 봐도 우두머리처럼 보였다. 무리가 모퉁이로 접어드는 찰나에 모퉁이 너머에서 열다섯 살쯤 되어 보이는 아이 하나가 튀어나왔다. 귀에 뭔가를 꽂고 있었는지, 아이는 오목눈이 무리가 내는 시끄러운 기척을 전혀 알아채지 못하고, 신나게 달려가던 속도 그대로 그만 장고요 쪽으로 뛰어들고 말았다. '얻터지겠구만.' 한먼지는 자기도 모르게 눈살을 찌푸렸다. 다음에 일어날 일이 빤히 보였기 때문이었다.

그런데 그때 이상한 일이 일어났다. 장고요가 발을 가볍게 움직여 아이를 살짝 피하더니 아무 일도 없었던 것처럼 가던 길을 갔다. 주먹이나 발길이 날아오지도, 총성이 골목을 뒤흔들지도 않았다. 달려오던 아이만이 어리둥절한 얼굴로 그 자리에 휑하니 남겨졌을 뿐이었다. 너무나 순식간에 벌어진 일이어서 그 일은 어떤 소문으로도 전해지지 않았다. 심지어 함께 있던 오목눈이 무리 중에노 어떤 일이 있었는지 눈치를 못챈 사람이 있는 것 같았다.

그 짧은 장면에서 장고요가 보여준 메시지는 이런 것이었다. 강한 것과 약한 것이 충돌하려 할 때 옆으로 비켜서야 하는 쪽은 강한 쪽이다, 약한 쪽이 아니라. 게다가 그 철학은 머리로 생각하고 말로 하는 다짐이 아니라, 이미 몸에 배어 있어서 곧바로 행동으로 옮겨진 습관이었다. 머리를 거치지 않고 반사 신경만으로도 실행할 수 있었으니까.

'뭐지, 이 신형 광인은? 저러고 저 나이까지 살아온 거야? 저게 된다고?'

한먼지는 자기가 직접 본 것을 믿었다. 그리고 머지않아 사비에 평화가 찾아왔다. 자다가 총소리를 듣는 일이 드물어졌고, 약해 보이는 사람들이 아무 때나 길에서 깔깔거리고 웃는 일이 잦아졌다. 평화라니, 난생처음 느껴보는 이상한 공기였다.

'진짜 이게 된다고?'

그는 표적이 될 게 분명했다. 사비 전체를 통틀어 표적이 될 가능성이 있는 유일한 인간이었다. 드물게 좋은 사람이었으므로. 혼자만 가만히 간직하는 게 아니라, 온 세상에 그걸 관철할 수 있을 만큼 강한 내면을 지닌 인간.

'이 미친 달달한 공기는 또 뭐야?'

한먼지에게도 그 공기는 꽤나 충격이었다. 한먼지가 떠올린 것은 캐러멜 팝콘이 잔뜩 든 봉지였다. 진짜로 먹어본 적은 없고, 지구 드라마에서만 본 적이 있는 그것.

그래도 한먼지는 자기 역할을 잊지 않았다. 소리를 감추기 위해 장비를 개량하고 느린 총알 쓰는 법을 익혀야 했다. 번거로운 일이었지만 그 과정을 게을리하지는 않았다. 그러면서 늘 이런 생각을 했다. 이 총알은 첫 발부터 너무 대놓고 악마의 몫이라고.

'하지만 무슨 계약이 이래? 여섯 번째까지는 나를 위해 쏠 수 있어야 하는 거 아니야?'

그 여섯 발은 한정림이 이미 탕진했을지도 모른다. 한먼지도 그 사실은 잘 알고 있었다.

'그래도 딱 한 발 정도는 내 몫으로 쏘겠어!'

한먼지는 자기 몫의 욕심을 벼리고 또 벼렸다. 악마의 몫이 아닌 자기 몫의 한 발을 위해 날마다 치열하게 날카로워졌다.

그러다 마침내 노을이 떴다. 초시계가 재깍거리기 시작했으니 이제 곧 어떻게든 결판이 날 것이다. 그날부터는 마음이 홀가분해졌다. 결말을 피하는 건 아무 도움이 안 된다. 결정적인 지점까지 흘러가지 않으면 시간과 간절함은 아무리 쌓여도 먼지에 지나지 않는다. 그게 벌써 한 달쯤 전이었다.

한먼지는 시가지 전체가 먼지처럼 바스러지는 상상을 하며 집으로 향했다. 이상하게도 길에 경찰이 많았다. 골목마다 둘씩 노닥거리는 경찰 때문에 한눈에 보기에도 치안이 별로였다. 지구에서라면 치안이 좋아 보였겠지만 사비에선 반대였다. 무슨 일이든 일어날 것 같은 날이었다. 한먼지는 가방끈을 꽉 움켜쥐었다. 검문하는 사람은 아무도 없었지만, 그래도 발걸음을 돌리기로 했다.

'설마 나를 찾는 거야? 계획이 새 나간 건가?'

확인할 길이 없었다. 한먼지는 아무와도 이어져 있지 않았다. 정확히 무슨 상황인지, 실행 명령이 어디서 유출될 수 있는지, 의뢰한 사람은 애초에 누구인지, 아무것도 알 수가 없었다. 믿을 수 있는 것은 오로지 직감뿐이었다. 바늘이 든 베개 위에서 잠든 밤의, 뒤숭숭한 꿈처럼 서늘한 예감.

'집은 위험해. 수첩을 두고 나왔는데. 그래도 이제 못 돌아가. 그럼 어디로 가지?'

세상 전부가 조여 오는 듯한 압박감이 들었다. 한먼지는 제자리에 멈춰 서서 바쁘게 머리를 굴렸다. 몇 초가 지나자 경찰 제복을 입은 사람 하나가 멀리서 그쪽을 바라보았다. 그와 눈이 마주치자마자 한먼지는 곧바로 몸을 틀어 걸어온 방향으로 되돌아갔다. 주머니에 든 총알 두 개를 바쁘게 만지작거리며 한먼지는 자기도 모르게 한숨을 내쉬었다.

'마지막 시험 사격은 반대 방향으로 하는 수밖에 없겠어.'

우주섬 사비의 기묘한 탄도학

행정부서로서 주소국의 존재 이유는, 어디에 가면 특정인을 만날 수 있는지 확정하는 데 있다. 즉 신분과 위치를 연결하는 것이다. 초록은 그 타이밍에 주소국이 나서서 '한민지'의 주소를 확정해버려도 되는 건지 확신이 서지 않았다. 거리에는 경찰이 잔뜩 깔려 있었고, 다른 조직의 정보원들도 구경만 하고 있으리라는 보장은 없었다. 초록은 정보원으로서 알게 된 사실을 언제 고모에게 보고해야 할지 고민스러웠다.

한민지의 주소지는 상가 건물 3층 혹은 6층이었다. 초록은 수미야를 따라 계단을 올라갔다. 버려진 건물도 아닌데 난간에 녹이 슬고 조명이 어두웠다. 3층 문을 열자 낡은 문이 기분 나쁜 소리를 뱉어냈다. 초록은 그 소리가 귀에 익었다. 가만히 생각해보니 사비 어딘가에서 종종 들려오는 삐그덕거리는 소음과 닮아 있었다.

문 안쪽은 기둥 하나 없이 탁 트인 공간이었는데, 방금 들어온 출입구 맞은편에 단단한 철문 하나와 투명한 유리창이 달린 스테인리스 문 두 개가 보였다. 수미야가 철문 쪽을 가리키며 말했다.

"저기군. 주소를 참 정직하게도 써놨네. '3층 사무실 옆 철문 6층'이래. 6층은 뭐지? 계단이 나온다는 건가?"

초록은 문을 향해 걸어갔다.

'지금 안에 있을까? 혹시 있으면 무슨 말을 하지? 수미야가 말하게 놔두고 관찰만 하는 게 나을까?'

그런 생각을 하며 발걸음을 옮기는데 수미야가 뒤에서 버럭 소리를 질렀다.

"어이! 뭐 하는 거야? 신발 신고 들어가면 어쩌자는 거야?"

초록은 뒤를 돌아보았다. 수미야가 신발을 벗어서 매트 한쪽에 가지런히 내려놓고 있었다. 그 옆에는 슬리퍼 몇 짝이 굴러다니고 있었다.

"신발 벗고 들어가는 데야?"

"당연하지! 누가 봐도 태권도장이잖아."

초록은 그제야 눈을 돌려 건물 3층에 뜬금없이 펼쳐진 공터를 둘러보았다. 벽을 따라 잡동사니가 놓여 있고, 장난감이나 축구공, 살이 부러진 어린이용 우산처럼 일관성 없이 알록달록한 물건들 사이에 운동기구 몇 개가 보이기는 했지만, "누가 봐도 태권도장"이라고 할 만한 외관은 아니었다. 그보다는 어떻게 해도 망할 수밖에 없는, 애 셋 키우는 집의 인테리어를 보는 것 같았다.

눈에 띄는 건 사비식 천창이었는데, 옥상까지 이어진 굴뚝 같은 구조물이 바깥 풍경을 3층 천장까지 곧장 배달했다. 천창 바로 아래로 빛이 쏟아져 내려와 왠지 신비하고 따뜻한 장면을 만들어냈다. 네모난 빛 장판 두 걸음 옆에는 유니콘 인형이 버려져 있었다. 회전목마에서 튕겨 나온 듯 왠지 쓸쓸해 보이는 광경이었다.

"어디를 봐서 태권도장이라는 거야? 바닥에 이게 깔려 있다고?"

이초록의 말에, 막 계단을 올라온 윤수정이 대답했다.

"누가 봐도 태권도장인데. 아이고, 나는 여기까지밖에 못 들어가겠네. 벗을 신발이 없어서."

로봇은 수미야의 신발이 놓인 곳 바로 옆에 멈춰 섰다. 그 모습을 보고 초록은 슬금슬금 문 쪽으로 돌아갔다. 신발을 벗어서 매트에 내려놓았더니 수미야가 또 초록을 타박했다.

"그걸 왜 안에다 놔? 밖에 놓으라고."

사실 매트 위에는 안과 밖이라고 할 만한 경계선이 없었다. 다만 수미야나 윤수정의 눈에만 보이는 투명한 선이 있는지, 수미야가 신발을 내려놓은 곳과 로봇이 서 있는 곳이 딱 일직선이었다. 자세히 보니, 아무렇게나 널브러져 있는 슬리퍼 중 그 선을 넘은 것은 하나도 없었다.

"결계야, 뭐야?"

초록이 신발을 옮겨놓으며 투덜거렸다. 그 선을 의식하고 보니, 덩그러니 놓여 있던 테이블이 현관을 표시하는 이정표로 보였다. 지구에서라면 차 키나 음식물 쓰레기 수거용 카드 키 같은 물건을 내려놓기 딱 좋은 위치였는데, 그 위에는 두꺼운 빨간 수첩 하나가 덜렁 놓여 있었다. 손으로 쓴 건 다 귀하다니 원래 거기 두고 쓰는 물건일 리는 없고, 아마 집주인이 잠깐 내려놓고는 미처 챙기지 못한 모양이었다.

수미야가 혼잣말처럼 중얼거렸다. 초록의 말에 대한 대답인 듯도 하고 아닌 듯도 했다.

"여기 태권도장은 싸움 가르치는 데가 아니라 일종의 보육 시설이거든. 요즘은 지구에서도 그렇지 않아? 적어도 우주 거주지에서는 대충 다 그래. 우리도 다 태권도장에서 컸거든. 마음껏 뛰어다녀도 되고, 바닥에 자빠져도 덜 아프고, 편한 옷 입혀주고, 아침에 차로 데려오고 시간 되면 집에 데려다주고, 좋잖아. 그런데 한먼지 집이 여기라는 건, 어른이 된 뒤에도 쭉 여기에 있었다는 건데 말이지. 이 솔직한 주소도 어른이 쓴 게 아닌 것 같고. 학습용 단말기 지원 신청을 애가 직접 했단 말이야. 부모는 어떻게 된 걸까. 이 도장은 문 닫은 지 몇 년은 돼 보이는데, 엘리베이터 없는 3층이라 그렇겠지? 아무튼 우리 먼지 님 성장 과정이 보이네. 외로웠겠어."

수미야는 철문을 두드렸다. 아무 소리도 들려오지 않았다.

한참을 기다렸다가 다시 문을 두드렸지만 역시 마찬가지였다.

"없네. 가자."

수미야가 말했지만 초록은 오히려 문 쪽으로 다가섰다.

"따고 들어가자."

"부수고 들어가자고? 미쳤어?"

수미야가 놀라서 물었다. 초록은 대답 대신 윤수정 쪽을 돌아보았다.

"이거 열 수 있지?"

로봇은 초록과 수미야의 얼굴을 번갈아 쳐다보았다.

"언니네 국장 양반, 뭔가 있는데? 수상해."

"그러게. 뭐야? 이유가 있어서 찾아온 거였어? 설명해줄 거야?"

"이따가. 상황이 좀 복잡해서."

"야, 아무리 그래도 여자 혼자 사는 집인데 문을 부수고 들어가냐?"

"그런 게 아니라니까. 정말 이유가 있어서 그래. 국가 안보 문제라고."

수미야는 초록의 얼굴을 빤히 쳐다보았다. 한참이나 그렇게 생각을 정리하더니, 마침내 한발 물러나며 윤수정에게 고개를 끄덕였다.

"국가 안보 좋아하네. 지구인 줄 아나."

그러자 로봇이 발뒤꿈치를 들고 매트를 건너와 철문 앞에 섰다. 그러면서 기계손으로 문손잡이를 꽉 쥐었다.

"엇, 이거 잠겨 있지도 않은데?"

철문 뒤는 바로 계단이었다. 두 사람과 로봇은 계단을 올라갔다. 신발을 다시 챙겨오지는 않았다.

계단은 위쪽으로만 통했다. 원래는 1층부터 6층까지 통하는 '뒷문 쪽' 계단이었지만 오래전에 누군가가 구조를 바꾸면서 3층 아래로는 아예 막아버린 모양이었다. 아마 계단을 없애고 주거 공간을 넓혔을 것이다. 사비에서는 흔한 일이었다. 계단에는 창문이 없었다. 게다가 계단실에서 4층과 5층으로 나가는 출입구도 벽으로 막혀 있었다. 예전에는 문이 있었을 것이다. 결과적으로 그 계단은 3층에서 6층으로 이어지는 전용 통로처럼 되어버렸다.

6층으로 나가자 옥상이었다. 출구 맞은편에 작은 옥탑방이 있었다. 바닥에는 평상이 놓여 있었는데, 장판이 넓게 깔려 있기는 했지만 다리 재질이 금속인데다 만듦새가 쓸데없이 훌륭한 점이 눈에 띄었다. 빨래 건조대에는 아무것도 걸려 있지 않았다.

"일부러 허름하게 만든 옥상이구만. 딱 15년쯤 전에 지구에서 건너온 아저씨 취향인데."

수미야가 말했다. 초록은 위를 올려다보았다. 하늘 대신 시가지 풍경이 펼쳐져 있었다. 부두 쪽과 군항 쪽으로 고개를 돌리면 동그랗게 말려 있는 우주 도시의 형태가 한눈에 보였다. 평상에 누워 위를 올려다보면 반대쪽 시가지가 커다란 위성사진이 펼쳐진 듯 시야를 가득 채울 것이다. 머리 위에 시가지가 매달려 있다고 생각할 수도 있지만, 팔다리를 벌리고 평상에 누워 있으면 땅을 향해 추락하고 있다는 느낌이 들 것 같았다. 아찔하고 압도적인 광경이었다.

옥상 한가운데에는 커다란 굴뚝 세 개가 솟아 있었다. 각각 3, 4, 5층으로 통하는 천창이었다. 굴뚝은 산타클로스도 침입하지 못하도록 높게 솟아 있었고, 가장자리에는 뾰족한 것이 박혀 있었다. 아마 맨 위에는 유리가 끼워져 있을 것이다.

"옥탑방인데 철문이네. 잠겨 있는데, 이것도 열 거야?"

수미야가 손잡이를 돌리며 초록에게 물었다. 초록이 고개를 끄덕이며 윤수정에게 손짓했다. 수미야가 뒤로 물러서고 윤수정이 기계손을 문손잡이 쪽으로 뻗었다.

그때였다. 머리 위에서 굉음이 들렸다. 굴뚝 위 유리창이 깨지는 소리였다. 깨진 유리창이 굴뚝 아래로 떨어져 잠시 뒤에 또 한 번 요란한 소리가 들려왔다.

"엎드려! 아니, 물러서!"

초록이 외치는 소리를 듣고 나서야 얼어 있던 수미야의 몸이 움직이기 시작했다. 그러나 안전한 곳으로 몸을 피하기도 전에 무언가 빠른 물체가 다시 한번 공기를 가르고 날아가는 소리가 들렸다. 이번에는 곧장 굴뚝 안이었다. 로봇이 두 사람을 팔로 감싸 계단 입구 쪽으로 몰고 갔다. 다시 그 소리가 들렸다. 작고 맹렬한 기세를 지닌 무언가가 바람을 가르며 지나가는 소리. 그리고 다시 한 발 더. 한먼지가 쏜 총알이었다.

두 사람과 로봇은 황급히 계단을 내려갔다. 태권도장으로 나가자 바닥에 널브러진 투명한 파편이 보였다. 유리 조각을 피해 구석으로 멀리 돌아가는데, 천창 아래 빛이 쏟아져 내리는 곳에서 두 걸음 옆에 아무렇게나 나뒹굴던 유니콘 인형이 눈에 들어왔다. 뿔이 부러지고, 흰 솜이 튀어나와 몰골이 처참했다.

"저거 보안 카메라 같은데."

윤수정이 천장 모서리 쪽에 달린 기계장치를 가리켰다.

"처음 왔을 때부터 계속 보고 있었던 거야."

수미야가 신발을 신으며 다급하게 중얼거렸다. 물론 그것도 중요했지만, 초록은 또 한 가지 중요한 사실을 간과할 수 없었다. 유니콘 인형은 동심원 그림보다 작았고, 천창 바로 아래에 놓여 있지도 않았다. 그런데도 정확하게 관통당했다. 굴뚝을 통해 휘어져 들어온 총알이, 보이지도 않는 표적에 그대로 적중했다. 모서리에 설치된 카메라는 그걸 확인하는 용도로도 사용되었을 것이다. 마법 탄환의 주인이 마지막 준비를 끝낸 셈이었다.

허둥지둥 신발을 챙겨 신는 와중에 초록은 현관 테이블 위에 놓인 수첩을 주머니에 슬쩍 집어넣었다. 직감적으로 한 일이었다. 뭔지는 몰라도 중요한 물건일 게 틀림없었다.

셋은 다시 계단을 내려갔다. 2층 층계참을 지나는데 아래에서 사람 소리가 들려왔다. 근처에서 어슬렁거리다가 유리창 깨지는 소리를 듣고 달려온 경찰과 조직원 두 명이었다. 그들은 경찰 제복을 입고 있었지만, 안 어울리게도 손에는 도끼를 들고 서 있었다. 현지인이 아닌 초록이 보기에도 순순히 조사에 협조해서 될 상황은 아닌 것 같았다. 그 생각이 옳았는지 수미야가 먼저 소리쳤다.

"윤수정, 뭐해? 어서 '자기방어' 해야지! 국장이 그러라고 너 데려온 것 같은데."

말 그대로 이해하면 이상한 소리였지만, 로봇의 언어로 해석하면 어서 내려가서 두 사람을 때려눕히라는 말이었다. '자기방어'라고 표현한 건 아무리 특별 시민권이 있는 로봇이어도 먼저 나서서 인간을 때려잡을 수는 없기 때문이었다.

경찰과 두 사람이 그 말을 알아듣고 움찔했다. 그들이 이미 도끼를 들고 맹렬하게 달려들었으니, 사비식 자기방어 요건이 충족된 셈이었다. 지구나 화성은 물론 다른 콜로니와 비교해도 다소 거친 감이 있다는 사비식 '로봇 자기방어 지침'에서 정한 요건들이. 순간 정적이 흘렀다. 경찰과 두 사람은 손에 든 도끼와 로봇을 번갈아 바라보았다. 무기를 포기하지도, 적극적으로 공격에 나서지도 못하는 상황이었다. 곧장 싸움이 벌어진다면 계단 위쪽에 있는 로봇에게 유리한 형세이기도 했다.

그런데 그때였다. 로봇이 갑자기 고개를 돌려 대치하던 상대를 등지고 수미야에게 말했다.

"언니! 자주 보네요."

상황에 어울리지 않는 상냥한 말투에 로봇을 둘러싼 네 사람이 모두 당황했다. 아무도 답을 하지 않자 로봇이 아까보다 큰 소리로 외쳤다.

"언니! 들려요? 언니?"

갑자기 공기의 흐름이 바뀌었다. 일촉즉발의 위기가 화기애애한 일상의 만남으로 급격히 전환되었다. 예상치 못한 반전에, 네 사람은 어찌할 바를 모르고 어정쩡하게 서서 서로 눈치를 살폈다. 그중 적응이 제일 빠른 사람은 역시나 수미야였다.

"혹시, 결정이니?"

"엇."

초록의 입에서 괴상한 비명 소리가 튀어나왔다. 뒤늦은 깨달음이었다. 로봇은 어수룩한 사람처럼 잠시 뜸을 들이더니 반가운 목소리로 대답했다. 화성과 사비 사이에 놓인 신경망의 거리가 피부로 느껴졌다.

"네, 언니. 잘 지내셨어요? 그런데 분위기가 이상하네."

정말로 분위기가 이상해졌다. 수미야가 다급하면서도 경찰파를 자극하지 않을 만큼은 차분한 목소리로 윤결정에게 속삭였다.

"왜 하필 지금이야?"

"윤수정 활동량 알림이 와서요. 급증했다고. 근데 이게 무슨 상황이죠?

"들어가, 들어가. 어서 연결 끊어. 잠깐만 좀."

"네?"

결국 경찰파 조직원들이 상황을 파악하고 의미심장한 미소를 지으며 손에 쥔 도끼를 꽉 움켜쥐었다.

"들어가라고 좀!"

그들이 로봇의 양옆을 지나 계단 위쪽에 있는 주소국 공무원 두 사람에게 달려들려는 찰나, 화성과의 연결이 끊어지고 기적처럼 윤수정이 눈을 떴다. 다행히 윤수정은 로봇에 대한 통제권을 회복하자마자 자신에게 허락된 가장 과격한 '자기방어' 조치를 곧바로 실행할 수 있었다.

4

800년 전통의 종합 운명 컨설팅 기업 서운관이 오목눈이파 보스 장고요에게 제출한 긴급 운명 동향 보고서의 내용은 딱 한 줄이었다.

암살자가 존재하며, 결행 시기가 임박함.

서운관의 긴급 보고서는 연보라색 봉투에 들어 있는 종이 쪽지였는데, 내용은 영사인 이강녕이 손글씨로 작성해서 고객에게 직접 건네는 것이 상례였다.

"스나이퍼가 진짜로 있다고?"

장고요가 이강녕을 지그시 내려다보며 물었다. 이강녕은

가만히 고개를 끄덕였다. 다시 장고요가 물었다.

"점괘인가, 첩보인가?"

"명리命理로는 연년이 무사 강녕하십니다."

"내년까지는 별 탈 없다는 말인가? 어려운 말을 쓰는군."

"고객들이 이쪽을 원하시니까요."

장고요가 코웃음을 쳤다.

"점괘로는 괜찮은데 첩보는 위험하다? 근거는?"

이강녕이 반걸음 옆으로 물러서자 장고요의 시선이 뒤에 있던 이초록에게로 자연스레 옮겨졌다. 장고요의 집은 늘 그렇듯 넓고 아늑했지만, 초록에게는 주변 풍경을 신경 쓸 여유가 별로 없었다. 그는 최초의 오목눈이를 올려다보며 말했다.

"스나이퍼가 시가지 전체에서 시험 사격을 해오고 있었는데, 그 지점 몇 군데를 우연히 발견해서 추적 조사한 결과 지금은 영점조준이 완료된 것을 확인했습니다."

장고요가 의외라는 듯 눈썹을 치켜세웠다.

"경찰 이야기는 다르던데? 시험 사격 징후는 전혀 없었다고. 요즘 경찰이 골목마다 깔린 건 다들 알고 있지?"

"알고 있습니다. 경찰이 발사 현장을 왜 못 잡아내는지는 모르겠습니다. 다만 시험 사격이 완성됐다는 건 확실합니다."

"어떻게?"

"직접 봤습니다. 표적 근처에서."

"그래? 그럼 어떻게 할까? 전염병이라도 도는 것처럼 집 안에만 틀어박혀 있을까?"

그 질문에는 이강녕이 대신 대답했다. 초록은 자기 역할은 다 했다는 듯 한 걸음 뒤로 슬쩍 물러났다.

"서운관은 조언만 해드릴 뿐입니다. 경찰을 믿으시든 서운관을 믿으시든 결정은 고객 뜻대로 하셔야겠지요. 다만."

"다만?"

"암살자도 성공할 때까지 멈추지 않을 테니 몸을 숨기시는 건 오래 못 가고, 문제를 근본적으로 해결하시는 수밖에 없을 것으로 사료됩니다."

"사료되겠지. 있으면 잡아야겠지. 아무튼 그쪽 첩보로는 확실히 있다는 말이지?"

"그렇습니다."

"좋아. 그런데 누구지? 알아낸 게 있나?"

이강녕은 느릿하게 고개를 저었다. 말 대신 몸짓으로 하는 대답이었지만 조금도 무례하게 보이지 않을 만큼 간결하고 단호한 움직임이었다.

"영점조준도 다 끝났다며. 그럼 무슨 수로 그놈을 잡지? 어떻게 하면 좋을까, 영사 양반?"

"다음 발을 쏘게 하셔야죠."

장고요는 이강녕의 두 눈을 가만히 바라보았다.

"나더러 미끼가 되라고?"

"어디까지나 조언일 뿐입니다. 하지만 구름을 보아하니 비가 내릴 모양이군요. 그걸 이용하면 승산이 있을 겁니다. 그럼 오늘은 이만."

고모와의 브런치는 가시방석이었다. 이강녕 여사는 스나이퍼에 대해 아는 게 전혀 없다는 초록의 말을 믿지 않는 눈치였다. 그러면서도 추궁은 하지 않았다.

"수고했다."

"예."

"기대한 것보다 많은 일을 했구나. 서운관으로서도 그만하면 충분히 역할을 했다고 봐야겠지. 더 밝힐 수 있는 게 있었으면 좋았겠지만, 그만하면 일단은 충분하다. 전문가도 아닌데 거기까지 알아냈으면."

"예."

"은퇴할래?"

"아니요. 할 만해요."

"다행이구나."

고모는 아무 말도 하지 않고 포크와 나이프를 부지런히 움직였다. 초록도 따라서 식사에 집중했지만 맛은 거의 느낄 수 없었다. 사비 음식이라 원래 맛이랄 게 없기도 하고, 음미하면서 먹을 만큼 마음이 편하지 않기도 했다.

"초록아."

"예?"

"첩보원 놀이하다 걸리면 혼난다."

"예."

"탐정 놀이도."

"탐관오리 생활에 전념할게요."

"말버릇하고는. 공직 생활이라고 해라."

"예."

아는 게 있으면 숨김없이 털어놓고 그게 싫다면 그 정보를 이용하지는 말라는 말이었다. 초록은 태권도장에서 주워온 수첩을 떠올렸지만, 곧장 머릿속에서 지워버렸다. 고모처럼 능숙한 역술인 앞에서, 감추고 싶은 생각을 머릿속에 오래 담아두는 건 절대 좋은 선택이 아니었다. 자칫 표정으로 떠오르기라도 했다가는, 내면까지 탈탈 털릴지도 모른다. 아마도 고모는 사람의 운명보다는 표정을 읽는 일을 훨씬 잘할 테니까.

그날 저녁, 밤낮이 바뀌고 얼마 지나지 않았을 때, 지구에서 영상 메시지가 도착했다는 알림이 왔다. 침대 한구석에 뒹

굴고 있던 단말기를 확인해보니 김구름이 보낸 메시지였다. 초록은 벌떡 일어나 정 자세로 앉았다. 드디어 올 게 온 모양이었다.

"야, 너 죽을래?"

그렇게 시작되는 긴 메시지였다. 연을 끊겠다는 내용이었지만, 진짜로 연을 끊을 거였으면 굳이 연락해서 그 말을 할 필요도 없었다. 초록은 그래서 다행이라고 생각했다. 지구와 화성의 현재 거리를 생각하면 통신 시차가 왕복 20분은 걸릴 테니 '실시간 대화'라는 건 애초에 성립하지 않겠지만, 그래도 김구름이라면 분명 답을 기다리고 있을 것만 같았다.

화면을 가득 채운 김구름의 얼굴을 한참 동안 들여다보다가, 초록은 결국 회신을 포기했다.

'내일 하자. 영상통화가 아니라 메일 같은 거니까.'

너무 늦어지지는 않도록 주의해야 했다. 김구름은 오래 기다려주지 않을 것이다. 그 기회를 놓쳤다가는 진짜로 연이 끊어질지도 모른다. 그러나 지금은 좋은 시점이 아니었다. 훔쳐야 할 꿈이 하나 더 있었으니까. 김구름에게든 누구에게든 미안하다고 말해버릴 수 있는 상황은 아니었다.

머릿속이 복잡했지만, 어차피 결론은 하나밖에 없다는 것을 초록은 잘 알고 있었다. 그가 부모로부터 물려받은 진짜 재능은 역시 '별 관심도 없으면서 좋은 건 기가 막히게 알아보고, 이거다 싶으면 앞뒤 가리지 않고 달려드는 과감함'까지였으니까. 김구름의 꿈을 훔치려다 크게 망한 뒤에도 그 점만은 하나도 달라지지 않았다.

'이렇게 탁월하게 빛을 내는 건 스스로 부서지지 않게 지켜내는 수밖에. 왜 하필 내가 그래야 하는지는 아직도 모르겠지만. 아, 피곤한 팔자야.'

초록은 태권도장에서 가져온 수첩을 펼쳐 들었다. 킬 스위치가 먼저 죽어버린 미지의 스나이퍼에 관한 모든 것이었다. 그 수첩 곳곳에는 한먼지의 일기 같은 메모가 드문드문 남아 있었다. 아무렇게나 휘갈겨 쓴 정제되지 않은 글이었다.

꿈을 꿔본 적이 없다. 그래서 다행이다. 직업이 미리 정해지지 않았으면 나는 뭐가 되고 싶었을까. 뭐든 되고 싶지 않아.
어떤 그림을 그리든 한쪽에는 악마가 그려져 있었을 것이다. 악마는 크고 둥글고 빙글빙글 돌아간다. 악마는 촘촘한 모눈종이이고 방정식이고 곡선이다.
악마의 몫과 사수의 몫은 몇 대 몇이지? 이 계약은 어떻게 망가져 있을까? 한정림은 얼마를 가불한 거지? 가불해서 뭘 샀을까? 나는 아니다. 내 미래는 아니다. 나는 그냥 임무를 넘겨받은 동종업계 종사자지.

불공정한 계약. 혈연이 아니었어도 내가 넘겨받아야 했을까?

몇 발이 악마의 몫이고 몇 발이 내 몫일까? 세 발? 두 발? 그래도 하나는 내 거겠지?

악마를 만나서 물어보자. 악마는 어디에 살지? 내 몫을 다 쏘면 악마를 보게 될 거다. 그 전에 만날 수 있을까?

악마가 사람처럼 생기지는 않았겠지. 형태는 모르지만 조여 온다면 느낄 수 있을 것이다. 심장부터 콱 조여 오겠지. 심장이 저리면 정신을 차리고 악마를 찾아보기로.

먼지야, 정신 차리자! 정신 차리기 어려운 상황이겠지만 그때가 아니면 악마를 못 만나. 악마의 눈을 보고 물어봐야지.

악마 말로 "제 건 몇 발 남았나요?"를 뭐라고 하지???

결국 벗어나지 못할 거야. 나는 혼자 남겨졌으니까. 우주적인 청승이군.

지구 아이들에게 우주섬을 그리라고 하면 작은 소행성 같은 천체를 그린다고 한다. 어디에 서 있든 발아래가 땅이고 머리 위가 우주인 세상이다. 반대로 우주섬에서 나고 자란 아이들이 지구나 화성을 그리면, 커다란 도넛 모양의 세계가 된다. 발아래가 우주고 머리 위가 회전축인 거대한 스페이스 콜로니 같은 구조물을 그리는 것이다.

한밤중에 사비에서 위를 올려다보면 머리 위에 펼쳐진 광경이 지구의 밤하늘처럼 보일 때가 있다. 선글라스를 끼고 눈을 가늘게 떠서 빛을 거의 다 가리고 보면 더 그럴듯해진다. 가로망 같은 건 보이지 않고 불빛 몇 개만 간신히 시야에 들어오는 정도가 되면 사비의 야경도 마치 지구의 밤하늘처럼 멀고 아득하게 느껴진다.

젊은 스나이퍼는 천체망원경을 걸듯 삼각대 위에 저격 총을 걸쳐놓았다. 총구가 위를 향하고 있어서 총을 겨누려면 등을 대고 누운 자세여야 한다. 개머리판이 어깨에 닿지만 몸으로 총의 무게를 지탱하지는 않도록 삼각대 높이를 조절한다. 사람의 몸은 저격 총을 고정하기에는 너무 많이 흔들린다. 그래서 왼손도 총열 덮개가 아니라 삼각대 다리를 쥐고 있다. 다리가 셋인 구조물은 지면이 어떻게 생겼든 흔들리지 않고 고정된다.

총기는 수동식이다. 노리쇠가 자동으로 후퇴 전진하는 총은 화약의 폭발 에너지 일부를 탄피 제거와 장전에 사용한다. 사거리가 짧아지고 총기의 반동은 커진다는 뜻이다. 한 발 쏠 때마다 손으로 노리쇠를 당겼다가 전진시키는 수동식 총기는 연속 발사가 어렵지만 발사할 때 흔들림이 적다. 한정림이 말했듯, 스나이퍼에게 총알은 한 발이면 족하다. 두 발을 쏠 기회는 없을 수도 있다.

총 위에는 정말로 망원경이 달려 있다. 스나이퍼의 일은 대부분 그 조준경을 들여다보며 표적 주변을 감시하는 일이다. 바닥에는 얇은 담요를 깔았는데 남은 반쪽으로는 몸 위쪽을 완전히 가렸다. 몸의 실루엣을 지우는 용도이기도 하지만, 편하게 누우려고 담요를 덮는 것도 사실이다. 오랫동안 자세를 유지해야 하므로 몸은 최대한 안락한 게 좋다. 잠이 들 정도만 아니면 된다.

눈은 양쪽을 다 떴다. 하나는 조준경을 들여다보고 있고 다른 하나는 보다 넓은 전경을 관찰하고 있다. 낮 시간이어서 위쪽이 밤하늘처럼 보이지는 않는다. 지구식으로 말하자면, 공중에 멈춰 있는 헬리콥터 밑바닥에 매달려 시가지를 내려다보는 위치다.

사람들은 잘 모르지만 스나이퍼만큼 사비의 구석구석을 오래 들여다보는 사람은 별로 없다. 한먼지는 오목눈이가 어떤 동선을 선호하는지 잘 알았다. 실행 명령이 전달되기 훨씬 전부터 진득하게 관찰해온 덕분이었다. 동선 몇 개는 수첩에도 그려놓았는데 그날 장고요가 나타나기로 예고한 장소도 그중 하나였다. 한먼지는 그 점이 마음에 걸렸다.

'수첩이 누군가의 손에 들어간 건 아닐까? 그렇다면 이건 함정일지도 몰라.'

하지만 집에 가서 확인해볼 수는 없었다. 그거야말로 가장 간편한 함정일 것이다.

전날 밤, 한먼지는 옥외 스크린에 비친 장고요의 영상을 한참 동안 바라보았다. 시험 사격 장소 중 하나인 사무용 건물의 옥상 창고에서 막 잠이 들려는 무렵이었다. 거리가 아주 가깝지는 않았지만, 자꾸만 밝아졌다 어두워졌다 하는 옥외 스크린의 불빛 때문에 깜빡 잠이 들었다가도 다시 눈이 떠지기를 반복하던 차에, 조그맣게만 보이는 그 화면에 마침 장고요의 얼굴이 떠오른 것이었다.

화면 속 장고요는 다음날 오후 3시에 중대 선언을 할 것을 예고하고 있었다. 원래부터 소리는 나지 않는 스크린이었고, 조준경을 꺼내 자막을 읽어서 알아낸 사실이었다.

'다섯 개 파벌이 서로 동맹을 맺는다고? 휴전 선언 같은 거잖아.'

장고요의 행보를 더듬어보면 선언 자체는 특이한 일이 아니었다. 사비 사람 누구든 일이 그렇게 흘러가리라는 것은 쉽게 짐작할 수 있었다. 문제는 타이밍이었다. 골목마다 경찰이 깔리고 누군가 한먼지의 집까지 찾아온 바로 그 시점에, 탁 트인 광장에서 공개 연설을 한다는 점이.

그래도 작전을 포기할 수는 없었다. 수첩이 누군가의 손에 들어갔다 한들 사비 전체를 뒤지지 않는 한 정확한 잠복 지점은 알아낼 수 없을 것이다. 그 수첩에 있는 메모는 그렇게까지 상세한 것이 아니었다. 지도라고 할 만한 것은 하나도 없었고, 한정림이나 한먼지가 아닌 사람이 보기에는 약도만큼의 정보도 담겨 있지 않은 메모일 것이다. 일주일쯤 사비 시내를 탈탈 털면 못 찾을 것도 없겠지만, 반대로 생각하면 그럴수록 작전을 빨리 결행할 필요가 있었다. 저격의 생명은 타이밍이고, 지금 정도면 사실 그렇게 아슬아슬한 편도 아니었다.

'집을 나와서 그림자공원까지 도보로 이동한 다음 공원을 가로질러 경찰청이랑 소방본부 사이 광장까지 가겠지. 그렇다면 거기가 제일 성공 확률이 높을 거야.'

한먼지는 조준경을 든 손을 내려놓으며 비몽사몽간에 그렇게 생각했다. 그리고 다음 날 아침 눈을 뜨자마자 짐을 챙겨 들고는 빵과 물을 사서 지금의 위치로 옮겨왔다. 7층짜리 시립 암 센터 건물의 별관 6층에 있는, 출입이 통제된 공중 정원이었다.

거기에서 위를 올려다보면 장고요의 저택 천창을 비스듬히 내려다볼 수 있었다. 집 전체가 보이는 것은 아니고 천창이 강화유리여서 뚫어내기도 어렵지만, 불이 켜지면 1층 현관만큼은 분명히 알아볼 수 있었다.

오후 2시 40분. 장고요가 집을 나설 것으로 예상했던 시간에 바로 그 현관 근처로 장고요의 가솔이 모여들었다. 한먼지는 자기도 모르게 오른손 검지를 방아쇠울 쪽으로 가져갔다. 하지만 손끝을 완전히 집어넣지는 않았다. 사람들의 정수리가 분주하게 움직였다. 가지런히 놓여 있던 신발들이 하나둘씩 정수리에 잡아먹히는 것처럼 보였다. 신발이 거의 다 사라졌을 때 장고요의 모습이 언뜻 보였다. 한먼지의 호흡이 얕아졌다. 오래 단련된 스나이퍼의 몸이 본능적으로 움직임을 줄이는 과정이다. 하지만 아직은 방아쇠를 건들 때가 아니었다.

그런데 그때, 이상한 소리가 들려왔다. 둥글게 말려 있는 세계 전체로부터 들려오는 소리였다. 오래되고 거대한 구조물이 삐그덕거리는 소리. 길을 걷던 사람들이 일제히 멈춰 서는 모습이 보였다. 한먼지는 조준경에서 눈을 떼지 않은 채로 작게 한숨을 내쉬었다.

'이러기야? 너무한다, 진짜.'

그것은 사비의 자전 속도가 조금 빨라지는 소리였다. 얼마나 빨라진 걸까? 5퍼센트? 10퍼센트? 가벼운 현기증이 느껴졌다. 늘 빠르게 돌아가던 세상이 유난히 빙글빙글 돌아가는 것처럼 보였다. 그런 일이 일어날 수 있다는 걸 알고는 있었지만 충분히 대비하지는 못한 상황이었다.

"그거 그냥 감으로 보정하면 돼. 별거 아니야."

한정림은 그 문제에 관해 대수롭지 않게 말했다. 전향력이 강해졌으니 총알도 더 휘겠지만 그런 건 결정적인 문제가 되지 않으리라는 호언장담이었다.

'10퍼센트나 빨리 회전시키지는 못할 거야. 그럼 여기저기서 문제가 생길 테니까. 많아야 5퍼센트. 그 정도로 보정하면 돼.'

한먼지가 바쁘게 머리를 굴리는 사이, 장고요의 저택에서 사람이 빠져나왔다. 그런데 방어탑 모양의 저택 정문을 빠져나온 것은 정수리가 아니었다. 우산이었다. 밝은 오렌지색 우산 하나. 주위에 있는 정수리를 살펴보니 우산 아래에 있는 사람은 아마도 장고요인 듯했다. 한먼지는 조준경 초점을 우산에 맞췄다. 하지만 오렌지색 우산이 정문을 나선 지 열 걸음도 되지 않아서 누군가가 우산 속으로 걸어 들어갔다. 그러더니 오렌지색 우산 옆에 초록색 우산을 폈다. 두 우산은 반대 방향으로 빠르게 갈라졌다. 한먼지는 초점을 어디에 두어야 할지 알 수 없어졌다.

그게 끝이 아니었다. 또 다른 두 사람이 각자 두 개의 우산을 향해 걸어 들어가더니, 펼쳐져 있던 두 개의 우산 옆에 노란색과 검은색 우산이 하나씩 펴졌다. 골목길에 서 있던 사람

우주섬 사비의 기묘한 탄도학

들이 차례로 우산 쪽으로 다가서고 그때마다 우산이 두 배로 늘었다. 8, 16, 32, 64, 그리고 128. 1024개의 우산이 펼쳐진 순간, 한먼지는 세보지 않아도 그게 1024개라는 사실을 확신할 수 있었다. 오목눈이파가 아무리 세를 불렸어도 2048명까지 늘지는 않았을 것이다.

하지만 장고요는 어디에 있을까? 맨 처음 펼쳐졌던 오렌지색 우산 안에 들어 있을까? 그럴 리는 없었다. 그럴 거면 애초에 저런 짓을 벌일 필요조차 없었다. 한먼지는 결국 인정할 수밖에 없었다.

'완전히 놓쳤어, 내 인생의 표적을!'

조준경에 대지 않은 반대편 눈에, 1024개의 우산이 그림자공원 방향으로 걸어가는 모습이 보였다. 살랑살랑 흔들리며 한 방향으로 흘러가는 나뭇잎처럼 밝고 예쁜 색깔. 누가 뭐라 해도 장관이 틀림없었다.

그러나 여유롭게 시선을 빼앗길 때가 아니었다. 한먼지는 퍼뜩 정신을 차리고 행진의 최종 목적지인 소방본부 광장 쪽으로 시선을 옮겼다. 그런 다음 자리에서 일어나 조준경을 옥외 스크린 쪽으로 돌렸다. 잠시 후 장고요가 서게 될 연설대를 설치하는 사람들의 모습이 중계되었다.

'역시 저기겠지.'

눈에 익은 곳이었다. 연습한 적도 여러 번 있는 곳이었다.

한먼지는 총기를 삼각대에서 분리해 가방에 넣었다. 가방 속 총 모양으로 난 홈이 섬세한 무기를 안전하게 감싸 안았다. 삼각대나 담요 같은 건 따로 챙기지 않았다. 장고요의 연설은 길지 않다. 쏠 수 있는 타이밍은 아주 짧을 것이다. 저 위치에 있는 표적을 저격할 수 있는 지점은 딱 한 군데밖에 없다. 삼각대를 놓고 설 장소는 아니다. 어서 달려가서 자리를 잡지 않으면 그 지점마저 안전하게 확보할 수 없을지 모른다.

세상이 핑그르르 도는 것 같았다. 원래부터 돌고 있던 세상이었지만, 빨라진 자전 속도 때문에 생긴 현기증 탓이기도 했다. 지름이 큰 스페이스 콜로니는 조금 천천히 돌아도 지구 표면만큼의 인공중력을 만들어낼 수 있다. 하지만 작은 콜로니는 그만한 여유가 없다. 사비는 딱 경계선에 걸쳐 있는 콜로니였다. 인구 대부분이 멀미를 느끼지 않는 한도 내에서 최대한 빨리 회전해야 가까스로 지구 중력을 재현해낼 수 있는 크기의 우주 도시.

한먼지는 난간 밖으로 고개를 내밀어 아래에 사람이 없다는 것을 확인한 후 들고 있던 빵을 떨어뜨렸다. 던지거나 띄워 올리지 않고, 지역 물리 실습하듯 팔을 길게 뻗어 위에서 쥔 손을 가만히 펼치는 식이었다. 그렇게 자유낙하하는 빵의 속도와 휘어지는 궤적을 확인한 후 재빨리 문을 열고 엘리베이터로 달려갔다.

'뛰지 말고 걸어. 쏘기 전에는. 쏜 다음에는 걷지 말고 뛰어.'

문득 한정림의 목소리가 생생하게 떠올랐다. 한먼지는 엘리베이터 앞에 멈춰 서서 호흡을 가다듬었다. 엘리베이터가 올라오기를 기다리는 동안, 두근거리던 심장이 조금씩 여유를 찾았다.

이초록은 만족스러워하던 고모의 얼굴을 떠올렸다.

"구름을 보아하니 비가 내릴 모양입니다."

고모가 장고요에게 한 말이었다. 초록은 활짝 피어난 우산꽃을 보고서야 현관마다 놓여 있던 우산의 용도가 무엇인지 알 것 같았다. 그것은 총알이 비처럼 내리던 시절의 유산이자 기념품이었다.

오목눈이파의 주요 행사 일정을 관리하는 것은 서운관이 제공하는 '종합 운명 컨설팅'의 주요 서비스 중 하나였으므로, 서운관을 통한다면 장고요를 미끼로 세우는 것도, 스나이퍼가 기회를 다 잡았다고 생각한 순간에 그것을 빼앗는 것도 불가능하지 않았다. 그리고 진짜 함정은 여기서부터였다. 일생의 표적을 놓쳐버린 스나이퍼가 표적을 향해 조급하게 달려

드는 순간.

이다음 단계부터는 고모의 힘을 빌리지 않았다. 서운관이 이초록에게 원하는 성과는 이미 달성했으므로 나머지는 알아서 하라는 게 고모의 태도였다. 고모가 보여준 만족스러운 표정이 뜻하는 바는 바로 그것이었다. "남은 프로젝트가 있지? 그건 알아서 해. 대신 나는 모르는 일이다"라는 의미의 방관.

한먼지의 빨간 수첩에는 다소 이례적인 표적 한 군데가 표시되어 있었다. 다른 것들은 옥상이든 길이든 바닥에 표시되어 있는데, 유독 그 한 지점만 수직면에 그려져 있었다. 총알이 콜로니 중앙을 가로질러 날아오는 것이 아닌, 지면을 따라 날아오는 거의 유일한 궤적이었다. 수첩에도 나와 있듯 그 지점을 노릴 수 있는 위치는 딱 한 군데였다. 스나이퍼에게 불리한 목표이므로 가능하면 그 지점은 노리지 않는 편이 낫지만, 사비의 유명 인사들이 꽤 좋아하는 장소인 만큼 미리 준비하지 않을 수는 없을 거라는 게 '1세대 암살자'로 추정되는 사람의 의견이었다.

수첩에는 나와 있지 않은 정확한 사격 위치를 알아낸 건 물론 수미야였다. 주소국 한쪽 구석에 세워져 있는 원통 모양의 지도 기둥 안에서 수미야가 말했다.

"총알이 날아 들어오는 경로는 딱 이 한 군데라는 거지? 행사장 사방이 다 막혀 있고, 사실상 이 문을 통해서 들어오는 수밖에 없으니까. 현장에 나가서 연장선상에 놓여 있는 건물들을 직접 살펴보면 금방 찾을 수 있겠네. 지상층이나 2층에서 찾으라는 거지? 어디 보자, 이 네 군데 중 하나 아닐까 싶은데. 그런데 한먼지가 진짜 여기로 올까? 누가 봐도 함정이잖아."

"올 거야. 삶의 목표를 빼앗긴 직후일 거니까."

"삶의 목표씩이나. 수첩이 다른 사람 손에 들어갔을 수도 있다는 걸 아는데도?"

수미야는 초록이 남의 수첩을 슬쩍 들고나온 것을 마음에 들어하지 않았다. 이초록은 김구름을 떠올리며 대답했다.

"스스로는 표적을 집요하게 쫓는다고 생각하겠지만, 사실은 놓쳐버린 일생의 목표를 찾으러 오는 거거든. 이건 너무 중요한 문제여서 합리적으로 계산할 대상이 아닐 거야. 퇴로가 제한될 수는 있지만, 마지막 기회라고 생각하면 놓치고 싶지 않겠지. 상황을 찬찬히 돌아보려면 시간이 걸릴 거고. 그러니까 그 시간을 주면 안 돼."

초록은 그 대화를 떠올렸다. 지금 그는 버려진 상점의 계산대 뒤에 죽은 듯이 숨어 있었다. 세상이 너무 빨리 돌아서 눈을 감고 가만히 쪼그려 앉아 있는데도 멀미가 날 지경이었다. 빛이 들어오는 좁은 틈새로 바깥을 내다보았다. 지나다니는 사람은 별로 없었다. 자전 속도가 예고 없이 빨라지는 건 지진이 일어나는 것만큼 당황스러운 상황일 테니, 어떻게 된 건지 알아낼 때까지 함부로 돌아다닐 수는 없는 게 당연했다.

소리를 꺼둔 통신 단말기에 행사장으로 들어서는 장고요의 영상이 나타났다. 멀미조차 안 할 것 같은 사람이었는데, 한눈에 보기에도 얼굴이 창백해진 걸 확인할 수 있었다. 말도 안 되지만 왠지 동질감 같은 것이 느껴졌다.

그때 어딘가에서 빠르게 걷는 발걸음 소리가 들려왔다. 곧이어 가방 지퍼를 여는 소리. 커다란 가방이 툭 바닥에 떨어졌다. 수미야가 예상한 바로 그 위치에 한먼지가 자리를 잡는 소리가 들렸다.

한먼지는 기계적으로 호흡을 가다듬었다. 표적이 선 곳은 한정림이 절대 빼먹어서는 안 된다고 말했던 다섯 개의 지점 중 하나였다. 소방본부 광장은 연설하기 좋아하는 사람들이 중요한 선언이나 발표를 할 때 제일 많이 즐겨 찾는 장소라고 했다.

그 광장은 사실 광장이 아니었다. 건물 네 동에 둘러싸인

중정 같은 곳이었는데, 그 네 개의 건물은 색깔은 물론 건축 양식도 전혀 비슷하지 않았다. 또한 광장을 향한 쪽이 모두 외벽이었다. 애초에 건물 세 개가 디귿 모양으로 붙어 있던 곳이라 세 면이 외벽인 것은 이상할 게 없었다. 그러다 나중에 나머지 한 면에도 건물이 들어섰는데, 이 네 번째 건물의 중앙에는 아치 모양의 터널이 출입문처럼 뚫려 있었다. 사비식 난개발의 산물이었지만, 덕분에 안쪽에는 네 개의 건물에 갇힌 재미난 공간이 생겨났다. 무엇보다 소리가 잘 울려서 위대해 보이고 싶은 조폭 두목들이 오래도록 선망한 공간이기도 했다.

　문제는 연단의 위치였다. 연설대는 터널 문 맞은편 건물의 2층 베란다에 놓이는 게 보통이었다. 연단을 놓는 단이 돌로 만들어져 있어서 거의 고정된 것이나 마찬가지다. 그곳에 서면 목소리가 잘 울릴 뿐만 아니라 청중을 지그시 내려다볼 수도 있다. 청중이 연설자를 올려다봐야 한다는 뜻이기도 하다. 베란다 주위에는 부조로 된 장식물이 가득했고, 뚫려 있는 천장으로 들어온 빛 또한 미리 계획하고 만들기라도 한 듯 연단 근처에 절묘하게 내리꽂혔다.

　연단 뒤의 표적을 노리려면 아치형 터널 입구를 이용해야 했다. 살짝 돌출된 베란다이기는 하지만 연단 자체는 꽤 안쪽에 놓여 있어서, 위에서 날아 들어가는 각도로는 표적을 노리기가 쉽지 않다. 지붕 대신 강화유리가 덮인 이후로는 그 작은 가능성마저 다 차단되어버렸다. 터널 문을 통하는 경로의 가장 큰 난점은 터널의 길이가 꽤 길다는 점이다. 총알은 건물 두께만큼 긴 터널을 안전하게 통과한 다음 정확한 위치에서 위쪽으로 떠올라 2층에 있는 표적을 향해 치솟아야 한다. 물론 연단은 밖에서는 직접 보이지도 않는다. 저격이 불가능한 위치였던 셈이다. 한먼지가 나타나기 전까지는.

다행인 건, 터널 문과 연단이 놓인 방향이 교과서적이라는 점이었다. 중학교 지역 물리 교과서의 탄도학 챕터에는 길쭉한 원통 모양의 스페이스 콜로니를 김밥처럼 자른 단면이 그려져 있었다. 중심에 놓인 단무지를 콜로니의 회전축에 비유했을 때 그 회전축에 대해 수직인 원형의 단면이었다. 터널 문과 연단은 딱 그 평면상에 놓여 있었다. 또한 총알이 터널을 지나 연단으로 날아가는 경로는 콜로니 자전 방향과 반대였다. 즉, 원래 총알이 떠오르게 되어 있는 방향이라는 뜻이다.

골치 아픈 건, 콜로니의 지면이 평면이 아니라는 사실이다. 회전축 방향을 남북이라고 하고, 동서 방향에 놓인 두 점을 잇는 직선 경로로 총을 쏘면, 총알은 두 지점 가운데에 서 있는 사람의 머리 위를 지난다. 사람의 눈에는 직선 궤적으로 보이지만, 총알이 느끼기에는 위로 솟구쳤다 아래로 떨어지는 포물선운동과 다르지 않다.

결과적으로 총구를 떠난 총알은 살짝 떠올랐다가 가라앉은 다음 무시할 수 없을 만큼 긴 터널을 통과해 위로 솟구쳐 오르는 궤적을 그린다. 이 궤적으로 연단 뒤의 표적을 저격하려면 땅에 바짝 엎드린 자세로 거의 터널 바닥을 노리듯 낮은 곳을 겨냥해야 한다.

'할 수 있을 거야. 걱정 마!'

한먼지는 바닥에 엎드린 자세로 터널 쪽을 노려보았다. 한정림이 마련해둔 저격 지점은 원래 작은 복권 가게가 있던 곳이었다. 한정림은 가게를 매입해 간판을 떼버린 후 셔터를 달아서 내내 닫아놓았다. 가게 바닥에 누워 셔터를 위로 조금만 열면 위치를 노출하지 않고 바닥 쪽 시야를 확보할 수 있었다.

한먼지는 6층에서 빵이 자유낙하하는 모습을 떠올리며 조준경 눈금을 살짝 조절했다. 자전 속도는 5퍼센트에서 6퍼센트 정도 빨라졌을 것이다. 다리는 편안한 자세로 뻗었고, 왼쪽 무릎만 조금 굽혔다. 오른쪽 발바닥이 돌로 된 계산대에 딱 닿아서 안정감이 느껴졌다. 총은 비치해둔 모래주머니에 얹어 높이를 맞췄다. 왼손은 총이 아닌 모래주머니를 가볍게 붙들었다. 오른손은 손잡이를 움켜쥐지 않도록 엄지를 검지

옆에 붙였다. 몸은 사격의 모든 단계에서 흔들림을 만들어내므로 몸이 아닌 것으로 총을 지탱해야 했다. 오직 검지만이 방아쇠에 힘을 가할 수 있는 위치에 놓여 있었다.

준비를 마친 후 소형 통신 단말기를 꺼내 벽에 세웠다. 소리는 나오지 않았지만, 건물 안 장고요가 선 위치는 확인할 수 있었다. 연설대 바로 뒤였다. 장고요가 자리를 잡자 곧바로 연설이 시작되었다. 한먼지는 서서히 호흡을 줄이며 시야에 직접 닿지 않는 최초의 오목눈이를 조준했다.

'당신은 좋은 사람일 거야. 잘해왔고 앞으로도 잘하겠지. 하지만 나도 이 일을 마무리해야 해. 그래서 미안해.'

수도 없이 연습한 대로 호흡이 저절로 멈췄다. 손가락이 서서히 방아쇠를 조였다. 다시 숨을 쉬어야 할 만큼 긴 시간은 아니었다. 단지 길게 느껴졌을 뿐이다.

'안녕.'

팟 하는 소리가 들렸다. 총알이 날아갔다. 예광탄이 아닌 이상 눈에 보일 리는 없지만 한먼지는 총알이 날아가는 궤적을 분명히 그려낼 수 있었다. 멈췄던 숨을 천천히 뱉은 다음 다시 짧게 호흡을 멈췄다. 사격을 마무리하고 퇴로로 빠져나가기 전, 두 동작을 구분하기 위해 만든 루틴이었다. 그래야 도망가는 과정이 사격 단계에 영향을 미치지 않는다. 느린 총알도 족히 표적에 닿았을 시간.

눈을 살짝 돌렸다. 조준경에 대지 않은 왼쪽 눈에 통신 단말기 화면이 보였다. 장고요가 말을 끊고 멈칫하는 모습이 보였다.

'멈칫? 쓰러진 게 아니라?'

장고요가 눈을 평온하게 깜빡였다.

'설마 빗나간 거야?'

한먼지는 노리쇠 손잡이로 손을 옮겼다. 다음 발을 장전하기 위해서였다.

'원래 두 번째 기회는 없는 법인데. 저 사람은 왜 몸을 숨기지 않는 거지? 움찔했다는 건 상황을 파악했다는 거잖아.'

뜻하지 않은 절망이 묵직하게 손 위에 내려앉았다. 자기도 모르게 한숨이 새어 나왔다. 뜻을 알 수 없는 깊은 한숨이었다. 그 소리에 갑자기 눈물이 고였다. 일일이 이름을 붙일 수도 없이 수많은 감정과 기억이 한꺼번에 밀려왔다가 한꺼번에 사라졌다.

그때 뒤에서 인기척이 들려왔다. 급한 마음에 가게 내부를 확인하지 않은 게 떠올랐다. 가슴이 덜컥 내려앉았다. 귓전에 엄마의 질책이 맴돌았다.

'한 발 쐈으면 얼른 철수하라고 했잖아! 결과를 왜 봐?'

함정이었다. 처음부터 너무 빤한 함정. 어째서 이런 쉬운 덫에 걸려든 걸까?

하지만 뒤를 돌아보지는 않았다. 대응하기에는 이미 늦었고, 얼어붙은 표정을 보여주기도 싫었다. 그러자 뒤에 있던 사람이 몸을 일으키더니 조심스럽게 다가와 한먼지가 엎드려 있는 곳 바로 왼쪽에 털썩 주저앉는 소리가 들렸다.

"더 쏴."

그가 말했다. 남자 목소리였다. 비아냥도, 드디어 잡았다는 쾌감도 느껴지지 않았다. 그냥 말뜻 그대로인 담백한 말이었다. 목소리가 이어졌다.

"제대로 쏜 거 맞아. 연단 위치가 한 걸음 옆으로 옮겨진 거야. 방송 화면은 클로즈업한 것뿐이라 눈치 못 챘겠지만. 그래도 잘 날아간 거 맞아. 원래 표적이 그려져 있던 위치에 정확하게 꽂혔을 거야. 우리 직원이 광장에 가 있는데 바로 확인해 줬어."

마침내 한먼지가 몸을 약간 오른쪽으로 굴리며 왼쪽을 돌아보았다. 두 눈 모두 밝은 곳을 주시하고 있던 터라 어두운 쪽에 있는 얼굴을 알아볼 수는 없었다. 다만 벽에 털썩 기대앉은 모양이 아무래도 멀미에 시달리는 듯했다.

"너 뭐야?"

갑자기 튀어나온 말은 그것뿐이었다.

"나? 아, 미안. 나는 주소국장인데, 실은 탐관오리야. 아니, 이건 됐고. 아무튼 그쪽은 한먼지지? 수첩을 주웠어. 사실 주운 건 아니지만, 아무튼 돌려주려고. 그리고 나는 네가 그걸 계속했으면 좋겠어."

지구 말씨였다. 한먼지는 오랜만에 불린 자기 이름이 낯설었다. 초록은 수첩을 꺼내 바닥에 내려놓았다. 한먼지는 그 수첩을 눈으로만 확인했다. 셔터 아래로 빛이 들어와 잃어버린 수첩이라는 것을 금방 알아볼 수 있었다.

"나 막으려던 거 아니야?"

"꼭 그러려던 건 아닌데, 일단 막긴 막았지. 덕분에 내 임무는 무사히 완수했으니까 이제 네 마음대로 하면 돼. 내 생각 같아서는 더 쐈으면 좋겠지만, 그냥 조언일 뿐이야."

침입자의 대답에 한먼지는 순간 말문이 막혔다. 주소국은 뭐고 탐관오리는 또 뭐지? 완수했다는 임무는 또 뭐고? 한먼지가 메마른 목소리로 다시 물었다. 목이 타지는 않았지만 목소리는 사막처럼 건조했다.

"첫 발이 너를 위한 거였다고? 신종 악마야?"

"응?"

초록은 잠깐 어리둥절했지만 오래 망설이지 않고 자연스럽게 말을 이었다.

"그쪽도 사연이 많구나. 나중에 다 들어줄게. 나 그런 거 잘해, 이 멀미만 아니면. 너는 이것도 못 느낄 만큼 강인하구나. 아, 그런데 저 연설 별로 안 길다? 평소보다 짧아. 우리 집안 어른이 감수했거든. 역사적인 연설이라 길면 안 된다고. 그러니까 마무리하려면 지금이야. 너 세 발 더 남았잖아. 이제 그건 온전히 네 거야."

왠지 떨리는 목소리였다. 온전히 내 것. 세 발이나 더. 딱 한 발이면 족하다고 생각했는데. 저건 응원일까, 긴장일까? 어느 쪽이든 그의 말이 옳았다. 그런 건 오래 생각할 겨를이 없었다. 쏠 수 있다면 두 번째 발을 쏴야 했다. 그렇게 훈련받고 그렇게 살아왔으니까. 생각은 몸보다 심하게 떨리므로, 생각이 총을 지탱하게 놔둬서는 안 된다. 현기증이 안 나는 게 아니다. 어지러워도 몸이 제대로 작동할 뿐이다.

한먼지는 다시 자세를 잡았다. 노리쇠를 당겨 두 번째 총알을 장전하고, 방아쇠를 감은 손가락을 천천히 당겼다. 총알이 날아가고, 그 반동으로 개머리판이 어깨를 밀었다. 잠시 후, 화면 속에 든 장고요가 눈썹을 찡긋했다. 놀란 것 같았지만 여전히 평온한 눈빛이었다.

'저 사람은 뭘까? 어떻게 사람이 저러지?'

옆에서 다시 목소리가 들려왔다.

"방해해서 미안한데, 사실 지금 것도 정확했어. 그런데 저 연단 말이야, 서운관에서 왼쪽으로 한 걸음 옮기라고 컨설팅 했거든. 그러니까 이쪽에서 볼 때 오른쪽을 겨냥하면 맞을 거야."

수첩을 가져간 사람. 보안 카메라로 본 실루엣이 떠올랐다. 옥탑방에 침입했던 세 명 중 하나. 태권도장에 들어갈 때 신발을 벗어놓고 간 무리. 그래서 나쁜 사람들은 아닐 걸로 판단했다. 저 버섯 머리는 신발을 신고 매트 위에 올라서기는 했지만, 모르고 한 짓이니 봐주기로 했다. 뭐, 지구에서 온 지 얼마 안 된 사람이겠지. 무엇보다 옥상으로 통하는 계단을 오를 때 벗어놓은 신발을 굳이 들고 오지 않은 점은 긍정적이었다. 그 계단도 집 안으로 간주하고 예의를 차린 거니까. 안 그랬으면 옥상에 모습을 드러내자마자 유니콘 인형 대신 이 사람의 머리를 날려버렸을 것이다. 다른 한 인간과 로봇도.

다시 한 발을 장전하고 또다시 발사했다. 화면 속의 장고요가 또 한 번 움찔했다. 그러나 역시 물러나지는 않았다. 이번에는 총알이 박힌 곳을 슬쩍 돌아보았다는 점이 달랐지만, 그뿐이었다.

"저 사람을 싫어하지는 않아. 단지 일이니까 하는 것뿐이야."

한먼지가 말했다. 이초록이 최대한 부드러운 목소리로 그 말을 가로막았다.

"알아, 설명할 필요 없어. 다 마칠 때까지 잠자코 기다릴 거니까 나는 신경 쓰지 마."

이초록은 수첩에서 본 한먼지의 손글씨를 떠올렸다. 먼지야, 정신 차리자! 정신 차리기 어려운 상황이겠지만 그때가 아니면 악마를 못 만나. 악마의 눈을 보고 물어봐야지.

힘없는 목소리여서 그런 건지도 모르지만, 한먼지는 그 말에서 어쩐지 이유를 알 수 없는 포근함을 느꼈다. 그러자 또 한 발의 무거운 총알이 사비의 둥근 지면 위를 날아가 바닥을 스칠 듯 지나친 다음 터널 끝 아치 위쪽을 아슬아슬하게 통과해 2층 연단이 있던 곳으로 가파르게 솟구쳐 올랐다. 총알은 연단 뒤 화려하게 장식된 벽면에 박혔다. 날아가는 소리가 요란하지 않다고 해서, 총알의 파괴력이 맹렬하지 않은 것은 아니었다. 벽이 깨지고 돌가루가 매섭게 튀어 나갔다. 다른 총알이 박힌 곳으로부터 손톱 하나만큼도 떨어지지 않은 곳, 원래 장고요가 있어야 할 곳으로부터 딱 한 걸음 떨어진 곳이었다. 광장에 들어찬 사람들의 발을 붙드는 건 아무 일도 일어나지 않은 듯 여유로운 장고요의 태도뿐이었다.

네 발을 다 쏜 것을 보고 초록이 무언가 말을 걸려 하자 한먼지가 다시 한 발을 장전하며 단호하게 말했다.

"아직 더 있어, 내 몫."

그렇게 두 발이 더 날아갔다. 악마가 그 두 발마저 정확하게 배달했다. 한 치의 오차도 없이 한먼지가 노린 그 지점으로.

소방본부 광장에서 연단을 올려다보던 수미야는 총알이 벽에 박힐 때마다 입이 조금씩 더 크게 벌어졌다. 연설을 재개하려던 장고요가 사격이 아직 끝나지 않은 것을 알고 멈칫하는 게 보였다. 그 장고요가, 최초의 오목눈이가 숨을 컥 하고 거칠게 들이쉬었다!

그것은 너무나 이상한 광경이었다. 방금 부서진 곳에 정확하게 날아와 다시 한번 박히는 묵직한 총알. 그 강렬한 에너지, 그리고 정교함. 인간이 사비의 탄도학을 정복하다니! 사비의 로컬 물리학이 사람의 의지에 굴복하다니! 사비에서 나고 자란 수미야에게는 세상이 뒤집히듯 낯설고 놀라운 장면이었다. 수미야가 초록을 따라 한먼지를 찾아가지 않은 것은 이 역사적인 사건을 제대로 볼 수 있는 현장은 사격 지점이 아니라 표적 근처일 거라는 확신 때문이었다. 그리고 그 짐작은 틀리지 않았다. 총알이 벽을 때리는 소리가 광장 가득 울릴 때마다 수미야의 심장이 터져 나갈 듯 요동쳤다.

영문을 몰라 웅성거리는 청중 사이에서 수미야의 눈빛은 더욱 밝게 빛났다. 사람들이 몸을 움찔할 때 수미야의 몸에는 전율이 일었다. 정수리에 벼락이 꽂히듯 강렬한 쾌감이 발끝까지 뻗어나갔다.

'먼지 님, 계속해요! 쓸데없는 고민은 제발 그만두시고요! 임무니 꿈이니 그게 뭐가 중요해요? 보이지도 않는 데서 춤추며 날아온 총알이 저렇게 정확하게 한군데에 꽂히는데!'

그 감정이 차츰차츰 쌓이더니, 여섯 번째 탄환이 벽을 부쉈을 때는 자기도 모르게 눈물이 쏟아졌다.

'아, 콘서트에 온 것 같아! 먼지 님, 행복하세요!'

마지막 한 발을 장전하며 한먼지가 이초록에게 말했다.

"이게 마지막인데 내 건 아니야."

초록은 총을 겨눈 한먼지의 뒷모습을 가만히 바라보며 말했다.

"그래도 쏠 거야? 네 것이 아니면 그만해도 되는데."

한먼지는 대답 대신 호흡을 가다듬었다. 마음은 복잡했지만, 몸은 정확하게 움직했다. 악마의 뜻대로 날아간다는 마지막 탄환. 몸에 익은 절차대로 호흡이 멈추자 오른손 검지가 방아쇠를 조금씩 조였다. 악마의 몫이라는 마지막 총알을 날려 보낼 아주 작고 섬세한 손길.

　　　　　　　　우주섬 사비의 기묘한 탄도학

그때 왼쪽에 앉은 침입자가 낮은 목소리로 말했다.

"그런데 나 꽤 자세히 읽었거든, 그 수첩. 이것도 조언일 뿐이지만, 사실 이 말을 하려고 여기까지 온 거야. 한먼지 씨, 그거 쏘고 네가 그냥 그 악마 해버리면 안 될까? 그럼 악마의 몫이라는 마지막 총알도 온전히 너의 꿈으로 바뀔 텐데."

그 말이었다. 응어리를 풀어놓는 따뜻한 사람의 말.

그 말을 신호로, 마지막 마법의 탄환이 무거운 총구를 박차고 날아갔다. 폭발음이 총 안에 갇히고 탄속도 음속을 넘지 않아서 굉음 같은 건 들리지 않았다. 그래도 총알은 충분히 멀리 뻗어나가 공중에서 어지럽게 춤을 추었다. 바람을 가르며 긴 터널 문을 지나 전향력을 타고 위로 솟구쳐 올라 표적을 향해 막힘없이 쭉.

보이지 않는 궤적이 머릿속에 생생하게 그려졌다. 그래서 눈물이 왈칵 쏟아졌다.

'그러네. 내가 그 악마가 되면 되겠네.'

할 일을 다 한 무거운 총이 옆으로 툭 넘어졌다. 이초록이 손을 뻗어 한먼지의 어깨를 토닥토닥 두드렸다. 한먼지는 평생 어깨를 내리누르던 사악한 기운이 그 손길과 함께 빠져나가는 것을 느꼈다. 그렇게 엄마의 저주가 끝났다. 그렇다. 그것은 엄마의 저주였다. 마법 탄환의 저주에서 벗어나기 위해서는 엄마가 지닌 사수의 자격이 아니라 악마의 지위를 계승해야 했다.

'나를 지배할 악마는 이제, 나야.'

그 내면의 선언으로 상속이 완성되었다. 끝난 줄만 알았던 긴 유년기가 비로소 온전히 마무리된 셈이었다. 한정림이 시작하고 한먼지가 이어 쓰던 빨간 수첩이 효력 다한 마법서처럼 덩그러니 바닥에 펼쳐져 있었다.

그 순간, 장고요는 속으로 외쳤다.

'못 맞힌 게 아니라 안 맞힌 거야, 분명히!'

일곱 개의 총알을 가장 가까이에서 맞이한 장고요는 존경 가득한 마음으로, 그러나 다른 사람이 보기에는 대담해 보이기까지 하는 여유로운 몸짓으로, 연설의 마지막 대목을 이어갔다.

"이 시각부터 이곳 사비에 모든 종류의 시민을 위한 통일 정부가 들어섰음을 선언합니다!"

장고요의 목소리가 광장 가득 메아리쳤다. 늘 그렇듯 품위 있고 결연한 목소리였다. 대부분이 폭력 조직 구성원인 청중들은 그 말에 어떻게 반응해야 할지 감을 잡지 못했다. 그 속에 섞여 있던 수미야와 윤수정 또한 그게 정확히 무슨 소리인지 못 알아듣기는 마찬가지였다.

김구름과의 대화는 엉망진창이었다. 지구에서 사비까지 왕복 20분의 통신 시차 때문이었다. 그래도 그 대화는 실시간 통화에 가까웠다. 답을 기다리지 않고 일단 하고 싶은 말만 줄줄 한 다음 김구름이 10분 전에 한 말이 귀에 들어오면 그 말을 화두로 또 하고 싶은 이야기를 줄줄 이어가는 식이어서, 대화는 안 통해도 감정을 쏟아붓고 있다는 느낌만은 오해 없이 정확하게 전달되었다.

김구름은 청춘과 꿈과 배신감에 관해 이야기했고 이초록은 서운관과 주소국과 한먼지에 관해 떠들어댔다. 양쪽 다 똑같이 주절거리고 있어서 제대로 된 대화는 열 마디도 안 됐지만, 3시간쯤 내리 떠들고 나자 둘 다 힘이 쪽 빠져서 도저히 통화를 이어갈 수 없을 지경이었다. 한동안은 계속 그런 식이겠지만, 이초록은 다행히 김구름과 연이 끊어지지는 않겠다는 안도감이 들었다.

"나 유학 와서 처음 산 동네에 꿈 훔치는 괴물 이야기가 있었거든. 학교 근처라 젊은 애들도 많았는데 다들 그 소리였어. 절망한 날에는 꿈 이야기를 하지 말라나. 괴물이 주워 간다고. 엄마랑 통화하면서 그 이야기를 했더니, 그거 귀신 이야기 아니고 사람 이야기라더라. 아이디어 훔쳐 가는 기회주의자 놈들 말이야. 그런데 내 살다 살다, 그게 네 이야기일 줄 알았겠냐. 데리고 살 생각은 없었어도 평생 보고는 살 생각이 었는데 말이야. 잠깐, 뭐? 너 방금 뭐라 그랬는지 아냐? 와, 웃기시네. 고모가 부른 것 같은 소리 하네. 나는 너 고모 있는 줄도 몰랐다. 한 번도 이야기한 적 없어. 너 그때까지 너한테 고모가 있다는 걸 떠올린 적도 없지 않아? 아, 열받아. 그러고 갑자기 연락이 끊겨서 이게 무슨 일인가 했잖아. 한참 뒤에 그 생각이 나더라. 이 자식이 내 꿈 훔쳐서 고모로 튄 거 아니야 하면서. 뒤통수가 얼얼하더라. 야, 그런데 너는 멍청하게 그것도 하나 제대로 못 훔쳐서 사비로 갔더라? 고마에 수소문해봤는데 너 같은 놈은 안 왔다는 거야. 어이가 없어서. 애초에 남의 꿈 따위를 훔쳐서 어디다 쓴다고. 훔쳐서 머릿속에 집어넣으면 그게 네 꿈이 되겠냐? 일이 잘 풀리디? 그래서 뭐 깨달은 거라도 있어?"

이초록은 10분 전에 김구름이 던진 수많은 질문 중 귀에 들어오는 말을 골라서 답했다.

"깨달은 거 있지. 일단 김구름을 배신하면 망한다는 것과, 평화나 대의보다는 총알이 휘어져서 날아가는 현상 자체가 더 중요할지도 모른다는 거? 무형문화재 같은 거잖아."

그 말이 10분 뒤에 김구름에게 전해져서 다시 10분 뒤에, 다른 많은 이야기에 섞여 대답으로 돌아왔다.

"웃기시네. 그게 무형문화재면, 이강녕 여사님 부추겨서 보존 사업이라도 하게?"

그 대답을 듣고 초록은 잠시 멈칫했다. 좋은 아이디어라고 속으로 감탄하면서. 하지만 그 이야기를 했다가는 또 계급이 어쩌네, 자본이 어쩌네 하는 핀잔이 이어질 것이다. 김구름에게는 말하지 말고 고모한테만 슬쩍 건의해야지. 강녕이 고모라면 분명 눈을 반짝이며 승인할 것이다. 그래서 금수저 집안이라는 거겠지. 김구름을 또 배신하는 걸까? 농담으로 한 말일 테니 아이디어를 훔치는 건 아니겠지? 하지만 나중에 들으면 화낼 텐데. 초록은 열심히 잔머리를 굴렸다.

'그래, 한먼지를 어영사御營使로 임명하는 거야. 사격 교관이니까 딱 어울리잖아. 아예 서운관에 어영청화포군御營廳火砲軍을 신설하면? 밤에 강제 소등하고 불 켜진 표적에 예광탄으로 몇 발 쏘면 총알이 휘어지면서 날아가는 궤적이 도시 전체에서 한눈에 보일 거야. 왜 굉장한지 말로 설명하기는 어렵지만, 실물로 보여주면 다들 한 번에 이해하겠지. 어영사 신원은 철저히 비밀로 하고……. 아, 이 와중에 이딴 생각이나 하고 있다니, 역시 나는 글러먹었어. 너무 이강녕 조카야. 안 되겠네, 자네. 나 같은 건 그냥 버리고 가게, 친구!'

사비의 자전 속도는 더디게 회복되었다. 6퍼센트 빨라진 속도를 2퍼센트까지 감소시키는 동안 신음하듯 삐거덕거리는 소리가 도시 여기저기에서 삐져나왔다. 전권대리 문해와 주둔군은 근심에 휩싸였고, 군항에 대기 중인 탈출선에는 귀중품을 옮겨 싣는 줄이 길게 늘어섰다. 그 사실을 모르는 대부분의 시민들은 동요하지 않고 일상을 살아갔다. 사비인들에게 세계의 안위는 개인의 안위만큼 중요한 것이 아니었다.

이초록과 수미야와 윤수정은 한먼지네 옥상 평상에 머리를 대고 드러누웠다. 그 모습을 보고 한먼지가 합류하자 네 명이 함께 십자가 모양으로 누워 맞은편 시가지를 바라보는 꼴이 되었다. 세 사람은 무릎을 접어 평상 밖으로 늘어뜨렸고, 로봇의 발은 바닥에 완전히 닿아 있었다. 아무도 신발은 신고 있지 않았다.

"아, 좋다! 일 안 하고 놀러 다니니까 이렇게 좋구나. 이 좋은 걸 이제야 알았다니!"

수미야가 행복에 겨운 탄성을 내뱉었다. 그러자 이초록이 대꾸했다.

"저런, 장고요가 공무원들 일 제대로 시킬 거라던데. 나는 그만두려고 생각 중이야."

"뭐? 이런 독재자 오목눈이 같으니! 이건 폭정이야! 이제 겨우 정신 차리고 마음껏 놀아볼까 했는데."

한먼지는 머리맡에서 오가는 대화가 간지러웠다. 귀가 간질거리고 마음이 조금씩 부풀어 올랐다. 듣고만 있어도 괜히 마음이 들뜨는 소리. 그런데 이 사람들은, 그리고 로봇은, 자주 한먼지에게 말을 걸어주었다.

"바로 앞에 보이는 저 길 말이야. 오른쪽으로 살짝 휘어지는 골목길. 저거 '먼지로'라고 이름 붙여줄까?"

소리 나는 쪽으로 고개를 돌리자 수미야가 장난기 가득한 얼굴로 자기를 바라보고 있었다.

"그래도 돼?"

한먼지가 되묻자 수미야의 얼굴 가득 웃음꽃이 피어올랐다. 초록이 끼어들었다.

"분명 열흘 만에 '먼지떨이로'로 변할 거야. 하여튼 사비 현지인들, 가르쳐주는 대로 절대 안 해."

"맞아, 그건 그래."

"하긴. 먼지로처럼 멀쩡한 말은 반감기가 엄청 짧지. 미세먼지로, 황사로, 티끌로, 대체할 말 많네."

두 현지인이 빠르게 수긍했다. 로봇은 그보다 한 박자 늦게 "맞아요, 맞아요, 진지하면 못 견디는 사비식 작명 센스!" 하고 맞장구쳤다.

"엇, 가만, 너 혹시 결정이니?"

두 박자 뒤에 튀어나온 수미야의 물음에, 웃음이 팝콘처럼 터져 나왔다. 잘 익은 웃음은 금방 번져나가서 누가 먼저 시작했는지도 알 수 없게 옥상을 가득 채워버렸다. 그때 갑자기 해가 졌다. 웃음이 뚝 끊어지고, 침묵이 커튼처럼 옥상을 감쌌다. 옆 건물에서 뭐라는 건지 알 수 없는 욕설이 울려 퍼진 뒤에야 넷은 키득키득 웃음을 되찾았다.

늘 그렇듯 전조 없이 닥치는 밤. 건너편 시가지에 가로등이 줄지어 밝혀졌다. 아직은 소리 내어 말하는 게 익숙하지 않아서 한먼지는 연습하듯 속으로만 생각했다.

'내일은 떡볶이랑 칵테일 먹으러 가자. 둘이 어울리는 건지는 나도 몰라. 망한 조합일지도 모르니까 이번에는 내가 살게, 작업비는 한 푼도 못 받았지만.'

그리고 여기까지 찾아와줘서 고마워. 그 먼 데서 이 깊숙한 곳까지 찾아와줘서, 정말로.

우주섬 사비의 기묘한 탄도학

작가의 말

오랫동안 나는 내가 아지즈 네신의 영향을 받았다고 생각했다. 아지즈 네신은 20세기 터키 소설가인데, 한국인들은 이 작가를 잘 모른다. 그래서 내가 이 작가에게서 영향을 받았다고 하면 듣는 사람들은 잠시 당황한다. 괜히 오르한 파묵 이야기를 꺼내는 사람도 있다. 그래서 한동안은 아지즈 네신을 언급하지 않았다.

얼마 전 수업 시간에 학생들에게 아지즈 네신의 『생사불명 야샤르』를 읽기 과제로 내주고는 한동안 마음이 조마조마했다. 절판된 책이라 구하기도 번거로운데 나한테만 재미있는 거면 어쩌나 하는 걱정이었다. 만나자마자 감상을 물어보니, 한 사람은 지하철에서 육성으로 웃음을 터뜨렸다고 하고, 또 한 사람은 그만 도서관에서 소리 내어 웃었다고 대답했다. 나머지 한 사람은, 자기는 코미디를 싫어하지만 그래도 웃고 말았다고 말했다. 역시 아지즈 네신이었다!

작가가 누군가의 영향을 받는다는 건, 보기보다 복잡한 이야기다. 소설가란 사실 자기가 뭘 썼는지도 잘 모르는 종족이어서, 누구의 영향을 받았는지는 더더욱 알 길이 없다. 옆에서 보면 누구의 그늘 아래 작업실을 열었는지 빤히 보이는 작가가 엉뚱한 작가의 이름을 대는 광경도 가끔 볼 수 있다. 이런 건 모른 척 넘어가는 수밖에 없다. 한 권짜리 단출한 '아웃풋'도 설명할 수 없는데 그보다 훨씬 방대한 '인풋'을 무슨 수로 정리한단 말인가? 현대인이 다 그렇듯 소설가는 온갖 잡다한 재료를 주워 먹고 살지만, 공개된 채널에서 "당신은 누구의 영향을 받았나요?" 하는 질문을 받으면, 그중에서 제일 근사해 보이는 요리의 이름을 대고 마는 것이다. 오르한 파묵이나, 아니면 필립 K. 딕이라도.

물론 아지즈 네신이 불량 식품이라는 말은 아니다. 단지 한국인이 잘 모르는 훌륭한 작가일 뿐이다. 내가 그에게서 영향을 받았다고 생각한 가장 중요한 부분은 물론 웃음이다. 세상의 부조리를 다루고 있지만, 입꼬리가 비틀어지지 않는 상쾌한 웃음. 웃을 사람이 누구고 웃음의 대상이 누구여야 하는지 헷갈리지 않는, 건강하고 소박한 유머 감각 같은 것들.

문학은 유쾌함을 선호하는 예술 장르는 아니다. 그보다는 고통과 고독과 고뇌에 더 큰 박수를 보내는 장르다. 한 편의 이야기를 이끌어가다보면 중요한 기로에서 나 또한 자주 그런 고민과 마주친다. 무겁게 풀어낼까, 경쾌하게 풀어갈까? 같은 갈림길에서 압도적으로 많은 수의 동종 업계 종사자들이 묵직한 발걸음을 선택한다는 것은 모를 수가 없다. 발자국이 수없이 찍혀 있으니까.

　그래도 나는 자주, 그리고 점점 더 많이, 신나는 스텝을 선택하고 만다. 오래전에 아지즈 네신을 만난 탓이다. 다시 읽어보니 내가 기억하는 것보다는 영향을 훨씬 덜 받았지만, 문학이 유쾌해도 좋다는 믿음만큼은 그의 소설로부터 비롯된 게 분명하다. 그게 정말로 좋은 만남이었는지는 잘 모르겠지만, 덕분에 소설쓰기가 지긋지긋하지는 않다. 또한 나도 다른 사람들에게 비슷한 영향을 주고 있었기를 바란다. 영향이란 게 그렇게 간단한 문제는 아니지만.

　해가 바뀌고 돌아보니 함께 호흡을 맞추며 일하던 사람들이 반도 넘게 바뀌어 있다. 몇 년 전과 비교하면 거의 전부가 바뀌었다. 제일 가까운 동료들도 어느새 멀리 가 있다. 마스크의 시대여서라기보다는 각자 열심히 살아가는 탓이다. 자기 우주선을 타고 모험을 떠나는 사람을 불러 세울 방법은 없고, 반대쪽에서 보면 나도 내 우주선을 타고 부지런히 달아나고 있을지도 모른다. 그래서 떠나는 사람들에게는 늘 축하 인사를 보낸다.

하지만 이렇게 빠른 속도로 팽창하는 우주가 아니었으면 어땠을까 가끔 생각해본다. 이렇게 적색편이赤色偏移로 가득한, 다들 자꾸만 멀어지는 우주가 아니었다면. 그래도 책이 나오면 꾸준히 챙겨 보겠다고 말해준 다정한 사람들에게, 우리 사이에 놓인 우주를 건너 생존 신호 겸 안부 인사를 발신해본다.

나는 잘 지내요. 사비예대가 없는 사비에 와서, 당황스럽지만 좋은 친구도 몇 명 만났어요. 남아 있는 사람들은 여전히 든든하지만, 나의 '인풋'이었던 당신들을 그리워하고 있어요. '작은 순환'은 나도 좀 부담스럽지만 크게 순환하는 우주에서 언젠가 다시 만나요. 저마다의 정착지에서 다들 행복하게 잘 지내요.

작가의 말

배명훈 장편소설

우주섬 사비의 기묘한 탄도학

ⓒ 배명훈

초판 1쇄 발행   2022년 5월 9일
초판 2쇄 발행   2022년 7월 31일

지은이   배명훈
펴낸이   지영주
편 집   장서원, 한수림
표지 일러스트   크루시
표지 디자인   형태와내용사이 홍지연
본문 디자인   데시그
마케팅   노해담 한주희 정지혜 조영흠 최청지 이이현
경영지원   백종임 김은선

펴낸곳   ㈜자이언트북스
출판등록   2019년 5월 10일 제2019-000085호
주소   경기도 고양시 덕양구 덕은1로 5 2층
전화   070-7770-8838
팩스   02-3158-5321
홈페이지   www.giantbooks.co.kr
전자우편   books@giantbooks.co.kr
인스타그램   https://www.instagram.com/giantbooks_official/

ISBN   979-11-91824-11-7 03810